हिन्द पॉकेट बुक्स

महान शिक्षाशास्त्री

# पं. मदन मोहन मालवीय

यह भारत के महान शिक्षाशास्त्री महामना मदन मोहन मालवीय की प्रेरक जीवनी है, जिसे बच्चों और किशोरों के लिए तैयार किया गया है, ताकि इसे पढ़कर बच्चों में उनके जैसा बनने, ऊँचा उठने और सच्चाई के रास्ते पर चलने की प्रेरणा जाग सके। वे भारत के पहले और अन्तिम व्यक्ति थे, जिन्हें महामना की सम्मानजनक उपाधि से विभूषित किया गया।

यह जीवनी अत्यंत आसान भाषा में है और रोचक ढंग से लिखी गई है। इसे याद करने में भी आसानी होगी। यह जीवन–गाथा दर्जनों सुंदर चित्रों से सजी हुई है और इसके अंत में एक प्रश्नोत्तरी भी दी गई है, ताकि आप अपनी परीक्षा स्वयं ले सकें।

सुरुचिपूर्ण एवं प्रेरणादायक सचित्र जीवनी

महान शिक्षाशास्त्री

# पं. मदन मोहन मालवीय

अवधेश कुमार चौबे

हिन्द पॉकेट बुक्स

पेंगुइन रैंडम हाउस इम्प्रिंट

**हिन्द पॉकेट बुक्स**

यूएसए | कनाडा | यूके | आयरलैंड | ऑस्ट्रेलिया | सिंगापुर
न्यू ज़ीलैंड | भारत | दक्षिण अफ्रीका | चीन

हिन्द पॉकेट बुक्स, पेंगुइन रैंडम हाउस ग्रुप ऑफ़ कम्पनीज़ का हिस्सा है,
जिसका पता global.penguinrandomhouse.com पर मिलेगा

पेंगुइन रैंडम हाउस इंडिया प्रा. लि.,
चौथी मंजिल, कैपिटल टावर -1, एम जी रोड,
गुड़गांव-122002, हरियाणा, भारत

पेंगुइन
रैंडम हाउस
इंडिया

प्रथम संस्करण हिन्द पॉकेट बुक्स द्वारा 2014 में प्रकाशित
यह संस्करण हिन्द पॉकेट बुक्स में पेंगुइन रैंडम हाउस द्वारा 2022 में प्रकाशित





10 9 8 7 6 5 4 3 2


इस पुस्तक में व्यक्त विचार लेखक के अपने हैं, जिनका यथासंभव तथ्यात्मक सत्यापन किया गया है, और इस संबंध में प्रकाशक एवं सहयोगी प्रकाशक किसी भी रूप में उत्तरदायी नहीं हैं।


ISBN 9789353491857

मुद्रकः रेप्रो इंडिया लिमिटेड





www.penguin.co.in

FSC www.fsc.org MIX Paper from responsible sources FSC® C047271

This is a legitimate digitally printed version of the book and therefore might not have certain extra finishing on the cover.

# क्रम

# जन्म एवं शिक्षा-दीक्षा

मदन मोहन मालवीय महान स्वतंत्रता सेनानी, राजनीतिज्ञ और शिक्षाविद ही नहीं, बल्कि एक बड़े समाज सुधारक भी थे। हिन्दू राष्ट्रवाद के समर्थक मदन मोहन मालवीय देश से जातिगत बेड़ियों को तोड़ना चाहते थे। उन्होंने दलितों के मन्दिरों में प्रवेश निषेध की बुराई के खिलाफ देशभर में आंदोलन चलाया। उनके इस उपकार को कभी भुलाया नहीं जा सकता।

इलाहाबाद में 25 दिसम्बर, 1861 में जन्मे पंडित मदन मोहन मालवीय अपने महान कार्यों के चलते महामना कहलाए। इनके पिता का नाम ब्रजनाथ और माता का नाम भूनादेवी था। इनके पिता संस्कृत के आचार्य थे और माताश्री धार्मिक विचारों वाली महिला थीं। मदन मोहन बचपन से ही अत्यंत कुशाग्र बुद्धि थे। बचपन में उनके पिताजी ने उन्हें घर पर ही शिक्षा देनी शुरू की।

वे अपने माता-पिता से उत्पन्न कुल सात भाई बहनों में पाँचवें पुत्र थे। मदन मोहन मालवीय जी के पितामह पंडित प्रेमधर बड़े विद्वान और धार्मिक विचारों वाले थे। पंडित प्रेमधर के चार पुत्र थे, उनमें सबसे छोटे और संस्कृत के प्रकांड विद्वान थे, पंडित ब्रजनाथ व्यास भारद्वाज गोत्री गौर चतुर्वेदी ब्राह्मण थे। उनके नाम के साथ मालवीय जोड़ने का कारण है कि उनके पूर्वज प्राचीन काल में मध्य भारत में मालवा क्षेत्र में निवास करते थे। एक किंवदन्ती के अनुसार लगभग 400 वर्ष पहले मालवा पर एक यवन शासक महमूद खां का अधिकार था। उसके अधीन बहुत से राजा पदवीधारी हिन्दू सामंत थे। उनका छोटी-छोटी जागीरों पर अधिकार था,

एक बार उन्हीं राजाओं में से एक राजा ने पंच गौर और पंच द्रविड़ ब्राह्मणों को जिनमें जाति गोत्र आदि में धर्म शास्त्रों के अनुसार कोई बहुत बड़ा विभेद नहीं था। तथापि दोनों में रोटी-बेटी का व्यवहार नहीं था दोनों के रहन-सहन, खान-पान और बोल-चाल में धरती आसमान का फर्क था। राजा ने दोनों ही ब्राह्मणों को एक ही पंक्ति में बैठा कर भोजन करने को कहा, इसमें गौर ब्राह्मणों को बड़ा मानसिक संताप हुआ उन्होंने उसी समय निश्चय किया कि वे अपने पूर्वजों के देश को छोड़कर अन्यत्र कहीं चले जाएँगे, अंततः उन्होंने ऐसा ही किया। मालवा क्षेत्र को त्याग कर वे ब्राह्मण अधिकतर पटना जा बसे।

कुछ लोग उत्तर-प्रदेश के मिर्जापुर में और कुछ प्रयाग में जा बसे भारती भवन मुहल्ले में, इनके बहुत सारे घर बस गए थे, अच्छी आजीविका के लिए उन्होंने पांडित्य धर्म के अलावा विभिन्न काम धंधों को भी अपना लिया था। ये लोग मालवा से आए थे इसी कारण इन्हें मल्लई, मल्लैया और मालवीय कहकर पुकारा जाने लगा। बाद में इनकी यही उपाधि शुद्ध होकर मालवीय में बदल गई। यह लोग जिस भारती भवन मुहल्ले में रहते थे वह भी इनके नाम से मालवीय नगर कहलाने लगा। ऐसा विश्वास किया जाता है कि मदन मोहन मालवीय जी का जन्म एक महात्मा पुरोहित के आशीर्वाद के फलस्वरूप हुआ था।

पाँच वर्ष की आयु में उन्हें उनके माँ-बाप ने संस्कृत भाषा में प्रारम्भिक शिक्षा लेने हेतु पण्डित हरदेव धर्म ज्ञानोपदेश पाठशाला में भर्ती करा दिया, जहाँ से उन्होंने प्राइमरी परीक्षा उत्तीर्ण की। उसके पश्चात वे एक अन्य विद्यालय में भेज दिए गए जिसे प्रयाग की विद्या वर्धिनी सभा संचालित करती थी। यहाँ से शिक्षा पूर्ण कर वे इलाहाबाद के जिला स्कूल पढ़ने गए। यहीं उन्होंने मकरंद के उपनाम से कविताएँ लिखनी प्रारम्भ कीं। उनकी कविताएँ पत्र-पत्रिकाओं में खूब छपती थीं। सभी उम्र के लोग उन्हें चाव से पढ़ते थे।

अपनी कुशाग्र बुद्धि और विलक्षण प्रतिभा के बल पर जल्द ही उन्होंने

अपनी पहचान एक मेधावी छात्र के रूप में बना ली। मदन मोहन मन लगाकर पढ़ते थे। पढ़ते समय वे इतने मग्न हो जाते थे कि उन्हें खाने-पीने की भी सुध नहीं रहती थी। घर में एकांत स्थान न होने के कारण वे प्रायः अपने सहपाठी के घर जाकर पढ़ते थे।

उस समय भारत पर अंग्रेजों का शासन था और देश की स्थिति बहुत गंभीर और दयनीय हो चुकी थी। अंग्रेजी विद्यालयों में हिन्दू धर्म और भारतीय संस्कृति के विरोध में बहुत दुष्प्रचार होता था। मदन मोहन जब भारत की दुर्दशा और अंग्रेजों के अत्याचार के बारे में सोचते थे, तो उनका मन अंग्रेजों के प्रति घृणा से भर जाता था। उनके संस्कारों ने उन्हें देशभक्ति का पाठ पढ़ाया। हिन्दू धर्म और भारतीय संस्कृति के प्रति मदन मोहन का गहरा लगाव था। इसका विरोध वे चुपचाप सहन न कर सके। उन्होंने अपने कुछ साथियों की मदद से 'वाग्वर्धिनी सभा' की स्थापना की। इस सभा के माध्यम से उन्होंने जगह-जगह भाषण देकर अंग्रेजों द्वारा हिन्दू धर्म और भारतीय संस्कृति के विरुद्ध किए जाने वाले प्रचार का विरोध किया।

पढ़ाई के प्रति मदन मोहन की रूचि बढ़ती जा रही थी। अपनी मेहनत के बल पर वे लगातार सफल होते गए। कलकत्ता विश्वविद्यालय से दाखिले की परीक्षा उत्तीर्ण करने के बाद वे उच्च शिक्षा प्राप्त करने के बाद म्योर सेंट्रल कॉलेज में दाखिला लेना चाहते थे, लेकिन घर की स्थिति अच्छी न होने के कारण उन्होंने उच्च शिक्षा का विचार त्याग दिया। उनके पिता इस इच्छा को भाँप गए। वे नहीं चाहते थे कि उनके पुत्र को पढ़ाई में किसी प्रकार का समझौता करना पड़े। उन्होंने मदन मोहन का दाखिला म्योर सेंट्रल कॉलेज में ही करा दिया। मदन मोहन की पढ़ाई के दौरान उन्होंने किसी वस्तु का अभाव नहीं होने दिया। म्योर सेंट्रल कॉलेज में संस्कृत के प्राध्यापक पंडित आदित्यराम भट्टाचार्य ने उन्हें संस्कृत के अध्ययन के लिए प्रोत्साहित किया। मदन मोहन मालवीय अंग्रेजी सभ्यता के विरोधी थे।

सात वर्ष के मदनमोहन को धर्मज्ञानोपदेश पाठशाला के देवकीनन्दन मालवीय माघ मेले में ले जाकर मूढ़े पर खड़ा करके व्याख्यान दिलवाते थे। शायद इसका ही परिणाम था कि कांग्रेस के द्वितीय अधिवेशन में अंग्रेजी के प्रथम भाषण से ही प्रतिनिधियों को मन्त्रमुग्ध कर देने वाले मृदुभाषी मालवीयजी उस समय विद्यमान भारत देश के सर्वश्रेष्ठ हिन्दी, संस्कृत और अंग्रेजी के व्याख्यान वाचस्पतियों में इतने अधिक प्रसिद्ध हुए।

म्योर कालेज के मानसगुरु महामहोपाध्याय पं. आदित्यराम भट्टाचार्य के साथ 1880 ई. में स्थापित हिन्दू समाज में मालवीयजी भाग ले ही रहे थे कि उन्हीं दिनों प्रयाग में वायसराय लार्ड रिपन का आगमन हुआ। रिपन जो स्थानीय स्वायत्त शासन स्थापित करने के कारण भारतवासियों में जितने लोकप्रिय थे, उतने ही अंग्रेजों के कोपभाजन भी। इसी कारण प्रिंसिपल हैरिसन के कहने पर उनका स्वागत करके मालवीयजी ने प्रयाग वासियों के हृदय में अपना विशिष्ट स्थान बना लिया।

# गृहस्थ जीवन

मदन मोहन मालवीय का विवाह मीरजापुर के पं. नन्दलाल जी की पुत्री कुन्दन देवी के साथ 16 वर्ष की आयु में हुआ था। विवाह हो जाने पर उन्हें गृहस्थ धर्म का पालन करना था, इसलिए अब उनके सामने नौकरी की समस्या आ खड़ी हुई थी, परंतु प्रतिभाशाली युवक के सामने ऐसी समस्या कोई अर्थ नहीं रखती।

पढ़ाई करने के उपरांत उन्हें एक विद्यालय में 40 रुपए मासिक वेतन पर अध्यापक की नौकरी मिल गई। अध्यापन से जब कभी उन्हें अवसर मिलता, वे किसी पत्र इत्यादि के लिए लेखादि लिखते। अध्यापन उन्हें रास नहीं आया, क्योंकि उससे घर का खर्च भी नहीं चल पा रहा था, यही कारण है कि उन्होंने शीघ्र ही वकालत का पेशा अपना कर 1893 ई. में इलाहाबाद हाईकोर्ट में वकील के रूप में अपना नाम दर्ज करा लिया।

अध्यापन के दौरान मालवीयजी के सभी छात्र उनका बहुत सम्मान करते थे। उनकी शिक्षण-शैली इतनी सुरुचिपूर्ण थी कि छात्रों को उनका पढ़ाया हुआ पाठ पूरी तरह समझ आ जाता था। अध्यापन काल में भी मालवीयजी ने सामाजिक और राजनीतिक कार्यों में रूचि बनाए रखी। अब उनकी सामाजिक रुचियों का दायरा प्रयाग से निकलकर देश के विभिन्न नगरों तक फैलने लगा। वे अपने सेवा-क्षेत्र में पूरे भारत वर्ष को शामिल करना चाहते थे। सन 1886 में कांग्रेस का दूसरा अधिवेशन कलकत्ता में होने जा रहा था, तो मालवीय जी अपने गुरु पं. आदित्यराम भट्टाचार्य के साथ उसमें शामिल होने के लिए गए। यह अधिवेशन मालवीय जी के वास्तविक राजनीतिक जीवन का

शुभारम्भ था। अधिवेशन में उनके ओजस्वी भाषण को सुनकर वहाँ उपस्थित सभी लोग मालवीय जी से बहुत प्रभावित हुए। मालवीय जी के भाषण और उनके विचारों से कालाकांकर राजा रामपाल सिंह इतने प्रभावित हुए कि उन्होंने मालवीय जी को हिंदुस्तान पत्र का संपादक बना दिया। उस समय मालवीय जी ने उनसे कहा, “राजा साहब, मैं ब्राह्मण हूँ। मेरे कुछ नियम हैं, परम्पराएँ हैं। आपका प्रस्ताव मैं इस शर्त पर स्वीकार कर सकता हूँ कि जब आप मदिरा का सेवन किए हों तो मैं आपके पास नहीं आऊँगा।”

“मुझे आपकी सारी शर्तें स्वीकार हैं ब्राह्मण देव।” राजा साहब ने शर्त मान ली।

सन 1887 में मालवीय जी ने अध्यापक पद से त्यागपत्र दे दिया। उसके बाद वे कालाकांकर जाकर हिंदुस्तान पत्र का संपादन करने लगे। यहाँ उनके व्यक्तित्व का एक विराट पक्ष उभरकर सामने आया। मालवीय जी के संपादन में हिंदुस्तान ने बड़ी ख्याति अर्जित की। उनके लेखों को जन मानस बड़ी रूचि से पढ़ता था। पत्र में जनता और सरकार, दोनों की कमियों और उपलब्धियों पर निष्पक्ष एवं निर्भीकतापूर्वक लेख छपते थे। मालवीय जी ने ढाई वर्ष तक हिंदुस्तान का संपादन किया। इस अवधि में उन्होंने पत्र को एक सामाजिक दर्जा दिलवाने में सफलता प्राप्त की। सन 1889 में वे कालाकांकर छोड़कर प्रयाग आ गए। वहाँ उन्होंने अंग्रेजी पत्र इंडियन ओपेनियन के संपादन का कार्य किया। संपादन के साथ-साथ मालवीय जी देश की सामाजिक समस्याओं को दूर करने के बारे में भी सोचते थे। भारतीयों में हिन्दू धर्म व संस्कृति के प्रति जागरूकता लाने के लिए वे एक हिन्दू विश्वविद्यालय स्थापित करना चाहते थे। अपने इस विचार को जनमानस तक पहुँचाने के उद्देश्य से उन्होंने पत्र ‘अभ्युदय’ का प्रकाशन आरम्भ कर दिया। इस पत्र के माध्यम से वे जनमानस को शिक्षा एवं विद्यालयों की आवश्यकता से अवगत कराते रहते थे और साथ ही तत्कालीन प्रमुख समस्याओं पर लेख भी लिखते थे। सत्कर्म और प्रतिष्ठा बढ़ने से उनकी आर्थिक स्थिति भी सुदृढ़ हो गई और गृहस्थी

आनंद के साथ चलने लगी। अब उन्हें सामाजिक एवं धार्मिक कार्यों के लिए भी समय मिल जाता था।

शिक्षा और सुधार कार्यों के नाम पर अंग्रेज अधिकारी हिन्दू धर्म के मूल सिद्धांतों पर प्रहार करते थे। अपने धर्म को श्रेष्ठ बताने के लिए वे ज्यादा से ज्यादा हिन्दुओं को धर्म परिवर्तन का प्रलोभन देते थे। यह सब देखकर मालवीय जी को बड़ा दुःख होता था। वे किसी भी धर्म को छोटा या बड़ा नहीं मानते थे। उनकी दृष्टि में सभी धर्मों में मानवता का सन्देश निहित है, परन्तु किसी एक धर्म की श्रेष्ठता बताने के लिए दूसरे धर्म का अपमान करना उन्हें सहन नहीं था। मालवीय जी एक शिक्षित और धार्मिक परिवार में पैदा हुए थे, इसलिए बचपन से ही उनके हृदय में हिन्दू संस्कार कूट-कूटकर भरे हुए थे। वे अपने साथियों को उत्साहित करने के लिए उन्हें इकट्ठा करके हिन्दुत्व से संबद्ध व्याख्यान भी किशोर अवस्था में ही देने लगे थे। मालवीय जी ने निश्चय किया कि वे हिंदुत्व की रक्षा के लिए संघर्ष करेंगे। सन 1906 में मालवीय जी ने कुम्भ के पावन पर्व पर सनातन धर्म महासभा का शुभारम्भ किया। इसी समय काशी विश्विद्यालय की स्थापना का प्रस्ताव भी पारित हुआ।

मालवीय जी के कुछ मित्रों ने उन्हें वकालत पढ़ने और वकालत के माध्यम से देश सेवा करने के लिए प्रेरित किया। मित्रों के आग्रह पर मालवीय जी वकालत की पढाई करने लगे। उस समय वे 'इंडियन ओपिनियन' में सह संपादक थे। मालवीय जी वकालत की परीक्षा की तैयारी करने लगे। वकालत की परीक्षा में वे उत्तीर्ण हुए। मालवीय जी प्रयाग उच्च न्यायालय में वकालत करने लगे। कुछ दिनों में ही उन्होंने कई मुकदमे जीतकर सभी को हतप्रभ कर दिया। वकालत में मालवीय जी ने खूब ख्याति अर्जित की। धीरे-धीरे उनका नाम देश के उच्चकोटि के वकीलों में लिया जाने लगा। मालवीय जी कभी झूठा मुकदमा नहीं लेते थे। वे अत्यंत कुशाग्र होने के साथ-साथ परम विवेकी भी थे। वे अपने तर्कों को इतने प्रभावशाली ढंग से प्रस्तुत करते कि

विरोधी पक्ष के वकील को उसके खंडन की कोई युक्ति नहीं मिलती थी। वकालत से मालवीय जी को जो उपलब्धि हासिल हुई, उससे न तो उनके मन में कभी अहंकार का भाव आया और न ही उन्होंने उसे अपनी अंतिम उपलब्धि माना। उनके हृदय में तो तीव्र आकांक्षाएँ थी। उनका सबसे बड़ा स्वप्न काशी हिन्दू विश्विद्यालय की स्थापना करना था। उनके पिता ने उनसे कहा था कि यदि तुम्हें अपना यह स्वप्न पूर्ण करना है, तो वकालत छोडनी पड़ेगी। मालवीय जी ने कुछ समय बाद ही वकालत छोड़ दी।

# सामाजिक एवं राजनीतिक जीवन

वह युग आजादी पाने की तड़प का युग था, इसलिए हरेक भारतीय स्वतंत्रता की बलिवेदी पर अपने प्राण चढ़ाने के लिए तत्पर था, फिर भला मालवीयजी कैसे चुप बैठे रहते। जीवनकाल के प्रारम्भ से ही मालवीय जी राजनीति में रुचि लेने लगे और 1886 ई. में भारतीय राष्ट्रीय कांग्रेस के दूसरे अधिवेशन में सम्मिलित हुए।

मालवीय जी दो बार 1909 तथा 1918 ई. में कांग्रेस के अध्यक्ष निर्वाचित हुए। 1902 ई. में मालवीय जी उत्तर प्रदेश 'इंपीरियल लेजिस्लेटिव काउंसिल' के सदस्य और बाद में सेंट्रल लेजिस्लेटिव असेंबली के सदस्य चुने गए। मालवीय जी ब्रिटिश सरकार के निर्भीक आलोचक थे और उन्होंने पंजाब की दमन नीति की तीव्र आलोचना की, जिसकी चरम परिणति जलियाँवाला बाग काण्ड में हुई। वे कट्टर हिन्दू थे, परन्तु शुद्धि (हिन्दू धर्म को छोड़कर दूसरा धर्म अपना लेने वालों को पुनः हिन्दू बना लेते) तथा अस्पृश्यता निवारण में विश्वास करते थे। वे तीन बार हिन्दू महासभा के अध्यक्ष चुने गए। उनकी सबसे बड़ी उपलब्धि 1915 ई. में 'काशी हिन्दू विश्वविद्यालय' की स्थापना है। विश्वविद्यालय स्थापना के लिए उन्होंने सारे देश का दौरा करके देशी राजाओं तथा जनता से चंदा की भारी राशि एकत्रित की। कांग्रेस के निर्माताओं में विख्यात मालवीयजी ने उसके द्वितीय अधिवेशन (कलकत्ता-1886) से लेकर अपनी अन्तिम साँस तक स्वराज्य के लिए कठोर तप किया। उसके प्रथम उत्थान में नरम और गरम दलों के बीच की कड़ी मालवीयजी ही थे जो गांधी-युग की कांग्रेस में हिन्दू मुसलमानों एवं उसके विभिन्न मतों में सामंजस्य

स्थापित करने में प्रयत्नशील रहे। एनी बेसेंट ने ठीक कहा था कि मैं दावे के साथ कह सकती हूँ कि विभिन्न मतों के बीच, केवल मालवीयजी भारतीय एकता की मूर्ति बने खड़े हुए हैं। असहयोग आन्दोलन के आरम्भ तक नरम दल के नेताओं के कांग्रेस को छोड़ देने पर मालवीयजी उसमें डटे रहे और कांग्रेस ने उन्हें चार बार सभापति निर्वाचित करके सम्मानित किया।

सन 1919 में अंग्रेजी सरकार ने रोलेट एक्ट पारित किया। इस एक्ट में समस्त भारतीयों की मानवीय अस्मिता का मखौल उड़ाया गया था। मालवीय जी ने इसका विरोध करते हुए विधान परिषद् में उत्तेजित भाषण दिए। गांधीजी ने भी इस एक्ट का विरोध करते हुए घोषणा की, 'यदि इस एक्ट को स्वीकार किया गया तो मैं सत्याग्रह आन्दोलन शुरू कर दूँगा, परिणाम चाहे कुछ भी हो।' रोलेट एक्ट के विरोध के लिए पंजाब के जलियाँवाला बाग में एक सभा का आयोजन किया गया था। वहाँ एकत्रित हजारों लोगों पर जनरल डायर ने गोली चलाने का आदेश दे दिया। आदेश पाते ही अंग्रेज सैनिकों ने गोली चला दी। इसमें सैकड़ों निर्दोष भारतीय मारे गए और अनेक घायल हुए। अंग्रेजों के इस कुकृत्य से पूरा देश स्तब्ध रह गया। देश भर में इन्कलाब की लहर दौड़ गई। मालवीय जी ने विधान सभा में उपस्थित होकर जोरदार शब्दों में इसका विरोध किया। अपने तर्कों से उन्होंने इस हत्याकांड को अनधिकृत और अमानवीय सिद्ध किया। इस सम्बन्ध में मालवीय जी ने सरकार को भी आरोपी सिद्ध किया।

असहयोग आंदोलन के चतुर्सूत्री कार्यक्रम में शिक्षण संस्थाओं के बहिष्कार का मालवीय जी ने खुलकर विरोध किया, जिसके कारण उनके व्यक्तित्व के प्रभाव से हिन्दू विश्वविद्यालय पर उसका अधिक प्रभाव नहीं पड़ा। 1921 ई. में कांग्रेस के नेताओं तथा स्वयंसेवकों से जेल भर जाने पर किंकर्तव्यविमूढ़ वाइसराय लॉर्ड रीडिंग को प्रान्तों में स्वशासन देकर गांधी जी से सन्धि कर लेने को मालवीयजी ने भी सहमत कर लिया था, परन्तु 4 फरवरी 1922 के चौरीचौरा काण्ड ने इतिहास को पलट दिया, गांधी जी ने बारदौली की

कार्यकारिणी में बिना किसी से परामर्श किए सत्याग्रह को अचानक रोक दिया। इससे कांग्रेस जनों में असन्तोष फैल गया और यह खुसुरपुसुर होने लगी कि बड़ा भाई के कहने में आकर गांधीजी ने यह भयंकर भूल की है।

गांधी जी स्वयं भी पाँच साल के लिए जेल भेज दिए गए। इसके परिणामस्वरूप चिलचिलाती धूप में मालवीय ने पेशावर से डिब्रूगढ़ तक तूफानी दौरा करके राष्ट्रीय चेतना को जीवित रखा। इस भ्रमण में उन्होंने बहुत बार कुख्यात धारा 144 का उल्लंघन भी किया, जिसे सरकार खून का घूँट समझकर पी गई। परन्तु 1930 के सविनय अवज्ञा आन्दोलन में उसी ब्रिटिश सरकार ने उन्हें बम्बई में गिरफ्तार कर लिया, जिस पर श्रीयुत् भगवान दास (भारतरत्न) ने कहा था कि मालवीयजी का पकड़ा जाना राष्ट्रीय यज्ञ की पूर्णाहुति समझी

जानी चाहिए। उसी साल दिल्ली में अवैध घोषित कार्यसमिति की बैठक में मालवीयजी को पुनः बन्दी बनाकर नैनी जेल भेज दिया गया।

लाहौर (1909 में), दिल्ली (1918 और 1931 में) तथा कलकत्ता (1933 में) में उन्होंने जेल यातनाएँ भोगी। यद्यपि अन्तिम दोनों बार वे सत्याग्रह के कारण पहले ही गिरफ्तार कर लिए गए। स्वतन्त्रता के लिए उनकी तड़प और प्रयासों के परिचायक फैजपुर कांग्रेस (1936) में राष्ट्रीय सरकार और चुनाव प्रस्ताव के समर्थन में मालवीयजी के ये शब्द स्मरणीय हैं कि मैं पचास वर्ष से कांग्रेस के साथ हूँ। सम्भव है मैं बहुत दिन न जियूँ और अपने जी में यह कसक लेकर मरूँ कि भारत अब भी पराधीन है। किंतु फिर भी मैं यह आशा करता हूँ कि मैं इस भारत को स्वतन्त्र देख सकूँगा।यह उनकी जीवनचर्या तथा वृद्धावस्था के कारण यथार्थ में एक प्रकार की तपस्या थी। परन्तु सैद्धान्तिक मतभेद के कारण हिन्दू विश्वविद्यालय में प्रिंस ऑव वेल्स का स्वागत और कांग्रेस स्वराज्य पार्टी के समकक्ष कांग्रेस स्वतंत्र दल व रैमजे मैकडॉनल्ड के साम्प्रदायिक निर्णय पर, जिसकी स्वीकृति को मालवीयजी ने राष्ट्रीय आत्महत्या माना। इस प्रकार कांग्रेस की अस्वीकार नीति के कारण निर्णय विरोधी सम्मेलन और राष्ट्रीय कांग्रेस दल का पुनः संगठन करने जैसे उनके कांग्रेस विरोध के उदाहरण भी इतिहास अत्यंत उल्लेखनीय है।

मालवीय जी के हृदय में दीन-दुःखियों के लिए अपार सहानुभूति थी। एक बार मालवीय जी प्रयाग में शाम के समय घूम रहे थे। रास्ते में चलते हुए उन्हें एक भिखारिन दिखाई पड़ी। वह बहुत वृद्ध हो चुकी थी और पीड़ा से कराह रही थी। मालवीय जी ने उसके पास जाकर पूछा, "आपको क्या कष्ट है माताजी?"

मालवीय जी के अपनत्व भरे शब्दों को सुन कर भिखारिन के नेत्रों से अश्रुधारा बहने लगी। कराहते हुए उसने बताया, "मेरे शरीर में घाव हो गए हैं। मेरे परिवार वालों ने मुझे त्याग दिया है।"

सड़क पर आते-जाते लोगों ने मालवीय जी को भिखारिन के पास

खड़े देखा तो वहाँ भीड़ लग गई। कई लोग भिखारिन के कटोरे में सिक्के डालने लगे। मालवीय जी ने कहा, “मित्रो! इन्हें धन की नहीं, चिकित्सा की आवश्यकता है। यह हमारे देश का दुर्भाग्य है कि हमारे बुजुर्ग इस तरह त्याग दिए जाते हैं।”

मालवीय जी ने उस वृद्धा को ताँगे पर बिठाया और इलाज के लिए अस्पताल तक पहुँचाया। मालवीय जी ने शिक्षा के बाद जिस विषय पर सबसे ज्यादा प्रभावशाली भाषण दिया, वह शर्तबंद कुली प्रथा थी। मालवीय जी ने इस प्रणाली का विरोध वायसराय लॉर्ड हार्डिंग के समय में किया। उन्होंने लॉर्ड हार्डिंग के समक्ष इस प्रणाली को तत्काल समाप्त करने की अपील की।

मालवीय जी हर परिस्थिति में निर्भय और आशावादी रहते थे। उनकी आशावादिता उन्हें ही नहीं, बल्कि अन्य लोगों को भी लाभान्वित करती थी। एक बार पं शिवराम जी के भतीजे काशीप्रसाद गंभीर रूप से बीमार हुए। उन्हें तेज बुखार था। पं. शिवराम जी बहुत चिंतित थे। वे मालवीय जी में गहरी आस्था रखते थे। उनका विचार था की एक बार यदि मालवीय जी रोगी के सिर पर हाथ रख दें, तो वह अवश्य ही स्वस्थ हो जाएगा। मालवीय जी के किसी मित्र ने इसके बारे में बताया। मालवीय जी तुरंत शिवराम जी के यहाँ पहुँच गए। मालवीय जी ने रोगी के पिता से कहा, “चिंता करने की कोई बात नहीं, यह अभी अच्छा हो जाएगा।” मालवीय जी के शब्दों का चमत्कार था या आस्था का आदर, यह बताना तो मुश्किल है, लेकिन रोगी आधे घंटे बाद ही स्वस्थ होने लगा। मालवीयजी में मानवता कूट-कूटकर भरी हुई थी। उनके हृदय में देश और देशवासियों के प्रति अपार स्नेह था। उन्होंने शिक्षा, धर्म और राजनीति सभी क्षेत्रों में अग्रणी योगदान दिया।

1924 के प्रयाग कुंभ मेला क्षेत्र में बाँस बल्लियों को बाँध कर बनाए गए अवरोधक और इसके एक तरफ ऑल इंडिया सेवा समिति के स्वयंसेवक और दूसरी ओर अंग्रेज सिपाहियों की संगीनें तनी थीं। एक आवाज के साथ ही सैकड़ों युवक बेरीकेटिंग को पार कर गए। उन्हें न गोली का डर था, ना ही

अंग्रेजों का डर। इस समय अंग्रेजों ने गंगा में स्नान पर प्रतिबंध लगाने की घोषणा की थी। महामना मदन मोहन मालवीय ने इस प्रतिबंध का जमकर विरोध किया था व अपने स्वयंसेवकों के साथ गंगा स्नान के लिए मेला क्षेत्र में डट गए थे। इस आंदोलन में पं. जवाहर लाल नेहरू भी शामिल हुए थे। गोली अब चली तब चली के माहौल में मालवीय के आह्वान पर बेरीकेटिंग के पार छलांग लगाने वालों में वह पहली पंक्ति में शामिल थे।

मालवीय जी के पौत्र व हाई कोर्ट के पूर्व न्यायाधीश न्यायमूर्ति गिरधर मालवीय जी के अनुसार महामना का व्यक्तित्व ही ऐसा था। कोई उनसे प्रभावित हुए बिना रह नहीं सकता था। अंग्रेज भी उनसे अच्छे प्रभावित थे। यही वजह थी कि महामना द्वारा विरोध करने के साथ ही अंग्रेजों की बंदूकें झुक गई थीं। उनके अनुसार गंगा के लिए महामना लगातार सक्रिय रहे। उन्होंने 1913 में हरिद्वार में बाँध बनाने की अंग्रेजों की योजना का विरोध किया था। उनके दबाव में अंग्रेज सरकार को झुकना पड़ा था। तत्कालीन भारत सरकार ने महामना के साथ समझौता किया था। इस समझौते में गंगा को हिन्दुओं की अनुमति के बिना न बाँधने व 40 प्रतिशत गंगा का पानी किसी भी स्थिति में प्रयाग तक पहुँचाने की शर्त शामिल थी। न्यायमूर्ति पं. मालवीय के अनुसार यही वजह है कि आज गंगा में कुछ पानी हमें मिल जा रहा है।

# लेखन एवं पत्रकारिता

बालकृष्ण भट्ट के 'हिन्दी प्रदीप' में हिन्दी के विषय में मालवीय जी ने उन दिनों बहुत कुछ लिखा। सन् 1886 ई. में कांग्रेस के दूसरे अधिवेशन के अवसर पर कालाकांकर के राजा रामपाल सिंह से उनका परिचय हुआ तथा मालवीय जी की भाषा से प्रभावित होकर राजा साहब ने उन्हें दैनिक हिन्दुस्तान का सम्पादक बनने पर राजी कर लिया। मालवीय जी के लिए यह एक यशस्वी जीवन का शुभ श्रीगणेश सिद्ध हुआ।

सन 1905 ई. में मालवीय की हिन्दू विश्वविद्यालय की योजना प्रत्यक्ष रूप धारण कर चुकी थी। इसी के प्रचार की दृष्टि से उन्होंने 1907 ई. में अभ्युदय की स्थापना की। मालवीय जी ने दो वर्ष तक इसका सम्पादन किया। प्रारम्भ में यह पत्र साप्ताहिक रहा, फिर सन् 1915 ई. से दैनिक हो गया।

लीडर और हिन्दुस्तान टाइम्स की स्थापना का श्रेय भी मालवीय जी को ही है। लीडर के हिन्दी संस्करण भारत का आरम्भ सन् 1921 में हुआ और हिन्दुस्तान टाइम्स का हिन्दी संस्करण हिन्दुस्तान भी वर्षों से निकल रहा है। इनकी मूल प्रेरणा में मालवीय जी ही थे। लीडर के एक वर्ष बाद ही मालवीय जी ने मर्यादा नामक पत्रिका निकलवाने का प्रबन्ध किया था। इस पत्र में भी वे बहुत दिनों तक राजनीतिक समस्याओं पर निबन्ध लिखते रहे। यह पत्रिका कुछ दिनों तक ज्ञानमण्डल लिमिटेड, वाराणसी से प्रकाशित होती रही।

सन 1906 ई. में इलाहाबाद के कुम्भ के अवसर पर उन्होंने सनातन धर्म का विराट अधिवेशन कराया, जिसमें उन्होंने सनातन धर्म-संग्रह नामक एक बृहत ग्रंथ तैयार कराकर महासभा में उपस्थित किया। कई वर्ष तक

उस सनातन धर्म सभा के बड़े-बड़े अधिवेशन मालवीय जी ने कराए। अगले कुम्भ में त्रिवेणी के संगम पर इनका सनातन धर्म सम्मेलन भी इस सभा से मिल गया। सनातन धर्म सभा के सिद्धांतों के प्रचारार्थ काशी से 20 जुलाई, 1933 ई. को मालवीय जी की संरक्षता में 'सनातन धर्म' नामक साप्ताहिक पत्र भी प्रकाशित होने लगा और लाहौर से 'मिश्रबन्धु' निकला, यह सब मालवीय जी के प्रयत्नों का ही फल था।

अन्य पत्रों को भी मालवीय जी सदा सहायता करते रहे। वे पत्रों द्वारा जनता में प्रचार करने में बहुत विश्वास रखते थे। और स्वयं वर्षों तक कई पत्रों के सम्पादक रहे। पत्रकारिता के अतिरिक्त वे विविध सम्मेलनों, सार्वजनिक सभाओं आदि में भी भाग लेते रहे। कई साहित्यिक और धार्मिक संस्थाओं से उनका सम्पर्क हुआ तथा उनका सम्बन्ध आजीवन बना रहा। इसके अतिरिक्त सनातन धर्म सभा के नेता होने के कारण देश के विभिन्न भागों में जितने भी सनातन धर्म महाविद्यालयों की स्थापना हुई, वह मालवीय जी की सहायता से ही हुई। इनमें कानपुर, लाहौर, अलीगढ़, आदि स्थानों के सनातन धर्म महाविद्यालय उल्लेखनीय हैं। कालांतर में मालवीय जी के कई शिष्यों ने मालवीय जी के नाम से शिक्षण संस्थाएँ खोली, इनमें डालचंद शर्मा प्रमुख थे, जिन्होंने दर्जनों महामना मालवीय कॉलेज स्थापित किए।

# प्राचीन संस्कृति के समर्थक

मालवीय जी प्राचीन संस्कृति के प्रबल समर्थक थे। सार्वजनिक जीवन में उनका पदार्पण विशेषकर दो घटनाओं के कारण हुआ :

1. अंग्रेजी और उर्दू के बढ़ते हुए प्रभाव के कारण हिन्दी भाषा को क्षति न पहुँचे, इसके लिए जनमत संग्रह करना।
2. भारतीय सभ्यता और संस्कृति के मूल तत्वों को प्रोत्साहन देना।

धर्मग्रंथों की तरह हमारे स्वाधीनता आंदोलन में भी कई ऐसे प्रसंग हैं, जो हमें सत्य और धर्म में निष्ठा रखने की सीख देते हैं। ऐसी घटनाएँ आज

भी इसलिए प्रासंगिक हैं, क्योंकि धर्म से विमुख होकर मानव-कल्याण की कल्पना ही नहीं की जा सकती। इसी से जुड़ा एक प्रसंग पंडित मदनमोहन मालवीय जी का है, जो 1931 में गांधी जी के साथ गोलमेज कांफ्रेंस में भाग लेने लंदन गए थे।

लंदन में अहले सुबह उन्होंने स्नान किया और फिर अपने सामान में से भगवान श्रीकृष्ण का चित्र, गीता की प्रति, गंगाजल, तुलसी आदि निकाले। माथे पर उन्होंने तिलक लगाया और श्रीकृष्ण का चित्र सामने प्रतिष्ठापित कर पूजा करने लगे। गांधी जी ने उन्हें पूजा करते देखा, तो बोले, "पंडित जी, आप अपने श्रीकृष्ण, गीता और गंगाजल को यहाँ भी लाना नहीं भूले। मैं इस निष्ठा के सामने नतमस्तक होता हूँ।"

मालवीय जी ने कहा, "बापू, गीता-भागवत के इस सिद्धांत में मेरा दृढ़ विश्वास है कि शरीर क्षणभंगुर है और न जाने प्राण कब साथ छोड़ जाएँ। यदि अंतिम समय अपनी पावन मातृभूमि का सान्निध्य न भी मिले, तो कम से कम गंगाजल-तुलसी तो मुँह में डलवाने का सौभाग्य सहज ही में मिल जाएगा। इसलिए मैं हर क्षण मृत्यु का स्मरण करते हुए काशी की पावन मिट्टी तथा तुलसी-गंगाजल साथ रखता हूँ।"

गांधी जी मालवीय जी की अपनी मातृभूमि व धर्म के प्रति अनन्य निष्ठा को देखकर गद्‌गद हो उठे।

वे प्राचीन संस्कृति के समर्थक थे, लेकिन आर्य समाज के कुछ सिद्धांतों में उनका विश्वास नहीं था, जबकि आर्य समाज भी प्राचीन संस्कृति का ही समर्थक है। हालाँकि बचपन में वे आर्य समाज से प्रभावित रहे हैं और आर्य समाज मंदिर में हवन-यज्ञ के कार्यक्रमों में भाग लेने भी जाते थे। आर्य समाज के प्रवर्तक तथा अन्य कार्यकर्ताओं ने हिन्दी की जो सेवा की थी, मालवीय जी उसकी कद्र करते थे, किंतु धार्मिक और सामाजिक विषयों पर उनका आर्य समाज से मतभेद था। समस्त कर्मकाण्ड, रीतिरिवाज, मूर्तिपूजन आदि को वे हिन्दू धर्म का मौलिक अंग मानते थे। इसलिए धार्मिक मंच पर

आर्यसमाज की विचारधारा का विरोध करने के लिए उन्होंने जनमत संगठित करना आरम्भ किया। इन्हीं प्रयत्नों के फलस्वरूप पहले भारतधर्म महामण डल और पीछे अखिल भारतीय सनातन धर्म सभा की नींव पड़ी। धार्मिक विचारों को लेकर दोनों सम्प्रदायों में चाहे जितना मतभेद रहा हो, किंतु हिन्दी के प्रश्न पर दोनों में मतभेद नहीं था। शिक्षा और प्रचार के क्षेत्र में सनातन धर्म सभा ने हिन्दी को उन्नत करने के लिए जो कुछ किया, उसका श्रेय मालवीय जी को ही है।

# हिन्दी, हिन्दू और हिन्दुस्तान

लोकमान्य तिलक, राजेन्द्र बाबू, और जवाहरलाल नेहरू के मौलिक या अनुदित साहित्य की तरह मालवीय जी की रचनाओं से हिन्दी की साहित्य निधि विशाल नहीं, लेकिन उनके सम्पूर्ण कृतित्व को आँकते हुए यह मानना होगा कि हिन्दी भाषा और साहित्य के विकास में मालवीय जी का योगदान क्रियात्मक अधिक है, रचनात्मक साहित्यकार के रूप में कम है। महामना मालवीय जी अपने युग के प्रधान नेताओं में थे। जिन्होंने हिन्दी, हिन्दू और हिन्दुस्तान को सर्वोच्च स्थान पर प्रस्थापित कराया।

हिन्दी को राष्ट्रभाषा के रूप में सबसे पहले स्वामी दयानंद ने स्वीकार किया, लेकिन उसके प्रचार-प्रसार में मालवीय जी का अतुलनीय योगदान रहा है। मालवीय जी एक सफल पत्रकार थे और हिन्दी पत्रकारिता से ही उन्होंने जीवन के कर्मक्षेत्र में पदार्पण किया। वास्तव में मालवीय जी ने उस समय पत्रों को अपने हिन्दी-प्रचार का प्रमुख साधन बना लिया और हिन्दी भाषा के स्तर को ऊँचा किया था। धीरे-धीरे उनका क्षेत्र विस्तृत होने लगा। पत्र सम्पादन से धार्मिक संस्थाएँ और इनसे सार्वजनिक सभाएँ विशेषकर हिन्दी के समर्थनार्थ और यहाँ से राजनीति की ओर इस क्रम ने उनसे सम्पादन कार्य छुड़वा दिया और वे विभिन्न संस्थाओं के सदस्य, संस्थापक अथवा संरक्षक के रूप में सामने आने लगे। पत्रकार के रूप में उनकी हिन्दी सेवा की यही सीमा है, यद्यपि लेखक की हैसियत से वे भाषा और साहित्य की उन्नति के लिए सदा प्रयत्नशील रहे। हिन्दी के विकास में उनके योगदान का तब दूसरा अध्याय आरम्भ हुआ।

उन्होंने एक बार कहा था, "भारतीय विद्यार्थियों के मार्ग में आने वाली वर्तमान कठिनाईयों का कोई अंत नहीं है। सबसे बड़ी कठिनता यह है कि शिक्षा का माध्यम हमारी मातृभाषा न होकर एक अत्यंत दुरुह विदेशी भाषा है। सभ्य संसार के किसी भी अन्य भाग में जन-समुदाय की शिक्षा का माध्यम विदेशी भाषा नहीं है।"

हिन्दी की सबसे बड़ी सेवा मालवीय जी ने यह की कि उन्होंने उत्तर प्रदेश की अदालतों और दफ्तरों में हिन्दी को व्यवहार योग्य भाषा के रूप में स्वीकृत कराया। इससे पहले केवल उर्दू ही सरकारी दफ्तरों और अदालतों की भाषा थी। यह आन्दोलन उन्होंने सन् 1890 ई. में आरम्भ किया था। तर्क और आँकड़ों के आधार पर शासकों को उन्होंने जो आवेदन पत्र भेजा उसमें लिखा कि "पश्चिमोत्तर प्रदेश तथा अवध की प्रजा में शिक्षा का फैलना इस समय सबसे आवश्यक कार्य है और गुरुतर प्रमाणों से यह सिद्ध किया जा चुका है कि इस कार्य में सफलता तभी प्राप्त होगी, जब कचहरियों और सरकारी दफ्तरों में नागरी अक्षर जारी किए जाएंगे। अतएव अब इस शुभ कार्य में जरा-सा भी विलम्ब न होना चाहिए। सन् 1900 ई. में गवर्नर ने उनका आवेदन पत्र स्वीकार किया और इस प्रकार हिन्दी को सरकारी कामकाज में हिस्सा मिला। 'काशी हिन्दू विश्वविद्यालय' के कुलपति की स्थिति में उपाधि वितरणोत्सवों पर प्रायः मालवीय जी हिन्दी में ही भाषण करते थे। शिक्षा के माध्यम के विषय में मालवीय जी के विचार बड़े स्पष्ट थे। अपने एक भाषण में उन्होंने कहा था कि 'भारतीय विद्यार्थियों के मार्ग में आने वाली वर्तमान कठिनाईयों का कोई अंत नहीं है। सबसे बड़ी कठिनता यह है कि शिक्षा का माध्यम हमारी मातृभाषा न होकर एक अत्यंत दुरुह विदेशी भाषा है। सभ्य संसार के किसी भी अन्य भाग में जन-समुदाय की शिक्षा का माध्यम विदेशी भाषा नहीं है।"

उन्होंने हिन्दी की महान संस्था काशी नागरी प्रचारिणी सभा की स्थापना में सन 1893 ई. में पूर्ण योग दिया। वे सभा के प्रवर्तकों में थे और आरम्भ

से ही सभा को उनकी सहायता का सम्बल रहा। सभा के प्रकाशन, शोध और हिन्दी प्रसार-कार्य में मालवीय जी की रुचि बराबर बनी रही और अंतिम दिन तक वे उसका मार्गदर्शन करते रहे।

हिन्दी आन्दोलन के सर्वप्रथम नेता होने के कारण मालवीय जी पर हिन्दी साहित्य की अभिवृद्धि का दायित्व भी आ गया। इन्हीं उद्देश्यों की पूर्ति हेतु सन् 1910 ई. में उनकी सहायता से इलाहाबाद में 'अखिल भारतीय हिन्दी साहित्य सम्मेलन' की स्थापना हुई। उसी वर्ष अक्टूबर में सम्मेलन का प्रथम अधिवेशन काशी में हुआ, जिसके सभापति मालवीय जी थे। मालवीय जी विशुद्ध हिन्दी के पक्ष में थे। वे हिन्दी और हिन्दुस्तानी को एक नहीं मानते थे। शिक्षा के क्षेत्र में उन्होंने जो अद्वितीय कार्य किया है, उसका भी एक आवश्यक अंग साहित्यिक है। उन्होंने एक बार कहा था, 'हम धर्म को चरित्र-निर्माण का सीधा मार्ग और सांसारिक सुख का सच्चा द्वार समझते हैं। हम देश-भक्ति को सर्वोत्तम शक्ति मानते हैं, जो मनुष्य को उच्चकोटि की निःस्वार्थ सेवा करने की ओर प्रवृत्त करती है।'

हिन्दी साहित्य सम्मेलन जैसी साहित्यिक संस्थाओं की स्थापना द्वारा काशी हिन्दू विश्वविद्यालय तथा अन्य शिक्षण केन्द्रों के निर्माण द्वारा और सार्वजनिक रूप से हिन्दी आन्दोलन का नेतृत्व कर उसे सरकारी दफ्तरों में स्वीकृत कराके मालवीय जी ने हिन्दी की सेवा की उसे साधारण नहीं कहा जा सकता। उनके प्रयत्नों से हिन्दी को यश विस्तार और उच्च पद मिला है, किंतु इस बात पर कुछ आश्चर्य होता है कि ऐसी शिक्षा-दीक्षा पाकर और विरासत में हिन्दी तथा संस्कृत का ज्ञान प्राप्त करके मालवीय जी ने एक भी स्वतंत्र रचना नहीं की। उनके अग्रलेखों, भाषणों, तथा धार्मिक प्रवचनों के संग्रह ही उनकी शैली और ओज पूर्ण अभिव्यक्ति के परिचायक के रूप में उपलब्ध है। इसमें कोई सन्देह नहीं कि वे उच्च कोटि के विद्वान, वक्ता और लेखक थे। सम्भव है अत्यंत व्यस्त होने के कारण उन्हें कोई पुस्तक लिखने का समय नहीं मिला। अपने जीवन काल में जो

उन्होंने कुछ हिन्दी भाषा और साहित्य के लिए किया सभी हिन्दी प्रेमियों के लिए पर्याप्त है, किंतु उनकी निजी रचनाओं का अभाव खटकता है। उनके भाषणों और फुटकर लेखों का कोई अच्छा संग्रह आज उपलब्ध नहीं है। केवल एक संग्रह उनके जीवनकाल में ही सीता राम चतुर्वेदी ने प्रकाशित किया था, वह भी पुराने ढंग का है और उतना उपयोगी नहीं जितना होना चाहिए। हिन्दुओं की सुरक्षा और हिन्दुस्तान की स्वतंत्रता के लिए उन्होंने जीवन भर संघर्ष किया। यही कारण है कि मालवीय ने गांधी जी के असहयोग आंदोलन में बढ़-चढ़कर भाग लिया। 1928 में उन्होंने लाला लाजपत राय, जवाहर लाल नेहरू और अन्य स्वतंत्रता सेनानियों के साथ मिलकर साइमन कमीशन का जबर्दस्त विरोध किया और इसके खिलाफ देशभर में जनजागरण अभियान भी चलाया। महामना तुष्टीकरण की नीतियों के खिलाफ थे।

उन्होंने 1916 के लखनऊ पैक्ट के तहत मुसलमानों के लिए अलग विर्वाचक मंडल का विरोध किया। वह देश का विभाजन नहीं होने देना चाहते थे। उन्होंने गांधीजी को आगाह किया था कि वह देश के बंटवारे की कीमत पर स्वतंत्रता स्वीकार न करें। मालवीय जी ने 'सत्यमेव जयते' के नारे को जन-जन में लोकप्रिय बनाया। उन्होंने 1931 में पहले गोलमेज सम्मेलन में देश का प्रतिनिधित्व किया। पं. मदन मोहन मालवीय जी कई संस्थाओं के संस्थापक तथा कई पत्रिकाओं के सम्पादक रहे।

इस रूप में उन्होंने हिन्दू आदर्शों, सनातन धर्म तथा संस्कारों के पालन द्वारा राष्ट्र-निर्माण की पहल की थी। इस दिशा में 'प्रयाग हिन्दू सभा' की स्थापना कर समसामयिक समस्याओं के संबंध में विचार व्यक्त करते रहे। सन् 1884 ई. में वे हिन्दी उद्धारिणी प्रतिनिधि सभा के सदस्य, सन् 1885 ई. में इण्डियन यूनियन का सम्पादन, सन् 1887 ई. में भारत-धर्म महामण डल की स्थापना कर सनातन धर्म के प्रचार का कार्य किया। सन् 1891 ई. में इलाहाबाद हाईकोर्ट में वकालत करते हुए अनेक महत्त्वपूर्ण व विशिष्ट

मामलों में हिन्दी के माध्यम से अपना लोहा मनवाया था। सन् 1913 ई. में वकालत छोड़ दी और राष्ट्र की सेवा का व्रत लिया, ताकि राष्ट्र को स्वाध ीन देख सकें।

यही नहीं उन्होंने आरम्भ से ही विद्यार्थियों की जीवन-शैली को सुधारने की दिशा में उनके रहन-सहन हेतु छात्रावास का निर्माण कराया। सन् 1889 ई. में एक पुस्तकालय भी स्थापित किया। इलाहाबाद में म्युनिस्पैलिटी के सदस्य रहकर सन् 1916 तक सहयोग किया। इसके साथ ही भारतीय राष्ट्रीय कांग्रेस के सदस्य के रूप में भी कार्य किया।

सन् 1907 ई. में वसन्त पंचमी के शुभ अवसर पर एक साप्ताहिक हिन्दी पत्रिका अभ्युदय नाम से आरम्भ की, साथ ही अंग्रेजी पत्र लीडर के साथ भी जुड़े रहे। पिता की मृत्यु के बाद पंडित जी ने देश-सेवा के कार्य को अधिक महत्व दिया। 1919 ई. में कुम्भ-मेले के अवसर पर प्रयाग में प्रयाग सेवा समिति बनाई, ताकि तीर्थयात्रियों की देखभाल हो सके। इसके बाद निरन्तर वे स्वार्थरहित कार्यों की ओर अग्रसर हुए तथा महाभारत, महाकाव्य के निम्नलिखित उदाहरण को अपना आदर्श जीवन बनाया :

न त्वहं कामये राज्यं न स्वर्ग न पुनर्भवम् ।
कामये दुःख तप्तानाम् प्राणिनामार्तनाशनम् ।।

महामना मदन मोहन मालवीय काशी हिन्दू विश्वविद्यालय के प्रणेता तो थे ही इस युग के आदर्श पुरुष भी थे। वे भारत के पहले और अन्तिम व्यक्ति थे, जिन्हें महामना की सम्मानजनक उपाधि से विभूषित किया गया। पत्रकारिता, वकालत, समाज सुधार, मातृ भाषा तथा भारतमाता की सेवा में अपना जीवन अर्पण करने वाले इस महामानव ने जिस विश्वविद्यालय की स्थापना की उसमें उनकी परिकल्पना ऐसे विद्यार्थियों को शिक्षित करके देश सेवा के लिए तैयार करने की थी जो देश का मस्तक गौरव से ऊँचा कर सकें। मालवीयजी सत्य, ब्रह्मचर्य, व्यायाम, देशभक्ति तथा आत्मत्याग में अद्वितीय थे। इन समस्त

आचरणों पर वे केवल उपदेश ही नहीं दिया करते थे, अपितु स्वयं उनका पालन भी किया करते थे। वे अपने व्यवहार में सदैव मृदुभाषी रहे।

कर्म ही उनका जीवन था। अनेकों संस्थाओं के जनक एवं सफल संचालक के रूप में उनकी अपनी विधि व्यवस्था का सुचारू सम्पादन करते हुए उन्होंने कभी भी रोष अथवा कड़ी भाषा का प्रयोग नहीं किया। अपने हृदय की महानता के कारण सम्पूर्ण भारतवर्ष में महामना के नाम से पूज्य मालवीयजी को संसार में सत्य, दया और न्याय पर आधारित सनातन धर्म सर्वाधिक प्रिय था। करुणामय हृदय, भूतानुकम्पा, मनुष्यमात्र में अद्वेष, शरीर, मन और वाणी के संयम, धर्म और देश के लिए सर्वस्व त्याग, उत्साह और धैर्य, नैराश्यपूर्ण परिस्थितियों में भी आत्मविश्वासपूर्वक दूसरों को असम्भव प्रतीत होने वाले कर्मों का संपादन, वेशभूषा और आचार विचार में मालवीयजी भारतीय संस्कृति के प्रतीक तथा ऋषियों के प्राणवान स्मारक थे।

'सिर जाय तो जाय प्रभु! मेरो धर्म न जाय' मालवीयजी का जीवन व्रत था, जिससे उनका वैयक्तिक और सार्वजनिक जीवन समान रूप से प्रभावित था। यह आदर्श उन्हें बचपन में ही अपने पितामह प्रेमधर चतुर्वेदी, जिन्होंने 108 दिन निरन्तर 108 बार श्रीमद्भागवत का पारायण किया था, से राधा-कृष्ण की अनन्य भक्ति, पिता ब्रजनाथजी की भागवत-कथा से धर्म-प्रचार एवं माता मूनादेवी से दुःखियों की सेवा करने का स्वभाव प्राप्त हुआ था। धनहीन किन्तु निर्लोभी परिवार में पलते हुए भी देश की दरिद्रता तथा अर्थार्थी छात्रों के कष्ट निवारण के स्वभाव से उनका जीवन ओतप्रोत था। बचपन में जिन आचार विचारों का निर्माण हुआ उससे रेल में, जेल में तथा जलयान में कहीं पर भी प्रातः सायं सन्ध्योपासना तथा श्रीमद्भागवत और महाभारत का स्वाध्याय उनके जीवन का अभिन्न अंग बना रहा।

# काशी हिन्दू विश्वविद्यालय की स्थापना

सन् 1907 में काशी नरेश की अध्यक्षता में आयोजित एक सभा में काशी हिन्दू विश्वविद्यालय स्थापित करने का प्रस्ताव रखा गया। सभा में उपस्थित कई सदस्यों ने इसकी सफलता पर संदेह व्यक्त किया। लेकिन अंत में यह प्रस्ताव स्वीकार कर लिया गया। प्रस्ताव की स्वीकृति से मालवीय जी का उत्साह बढ़ गया। वे इस योजना को कार्यान्वित करने के प्रयासों में जुट गए। विश्वविद्यालय का निर्माण कार्य शुरू करने में काफी धन की आवश्यकता थी। कोई अकेला व्यक्ति इतना धन नहीं दे सकता था। मालवीय जी ने निश्चय किया कि वे पूरे देश में घूम-घूमकर विश्वविद्यालय के लिए धन राशि एकत्र करेंगे।

मालवीय जी ने पूरे देश का दौरा करना शुरू कर दिया। वे विश्वविद्यालय के मानचित्र को साथ ले कर चलते थे और घर-घर जाकर अपनी राष्ट्रीय शिक्षा योजना के बारे में बताते थे। वे जहाँ-जहाँ भी गए। उन्हें विश्वविद्यालय के लिए दान में कुछ न कुछ अवश्य मिला। 4 फरवरी, 1916 को वसंत पंचमी (सरस्वती पूजा) के दिन काशी हिन्दू विश्वविद्यालय का शिलान्यास किया गया। उसके उद्घाटन समारोह में गांधीजी सहित देश-विदेश के कई गणमान्य व्यक्ति शामिल हुए। कालांतर में यह एशिया का सबसे बड़ा विश्वविद्यालय बन गया। वास्तव में यह एक ऐतिहासिक कार्य ही उनकी शिक्षा और साहित्य सेवा का अमिट शिलालेख है। पं. मदन मोहन मालवीय जी के व्यक्तित्व पर आयरिश महिला डॉ. एनी बेसेंट का अभूतपूर्व प्रभाव पड़ा, जो हिन्दुस्तान में शिक्षा के प्रचार-प्रसार हेतु दृढ़प्रतिज्ञ रहीं।

दरअसल इसके इतिहास पर दृष्टिपात करें तो सन् 1905 ई. में बनारस शहर के टाउन हाल मैदान की आमसभा में श्री डी. एन. महाजन की अध्यक्षता में एक प्रस्ताव पारित कराया। सन् 1911 ई. में डॉ. एनी बेसेंट की सहायता से एक प्रस्तावना को मंजूरी दिलाई, जो 28 नवम्बर 1911 ई. में एक सोसाइटी का स्वरूप लिया। इस सोसायटी का उद्देश्य 'दि बनारस हिन्दू यूनिवर्सिटी' की स्थापना करना था। 25 मार्च 1915 ई. में सर हरकोर्ट बटलर द्वारा इम्पिरीयल लेजिस्लेटिव एसेम्बली में एक बिल लाया गया, जो 1 अक्टूबर सन् 1915 ई. को एक्ट के रूप में मंजूर कर लिया गया। 4 फरवरी, सन् 1916 ई. (माघ शुक्ल प्रतिपदा, संवत् 1972) को 'दि बनारस हिन्दू यूनिवर्सिटी' की नींव डाल दी गई। इस अवसर पर एक भव्य आयोजन हुआ, जिसमें देश व नगर के अधिकाधिक गणमान्य लोग, महाराजागण उपस्थित रहे।

बेशुमार दौलत के मालिक होते हुए भी उस्मान बहुत ही कंजूस थे। वे अपने पर बहुत कम पैसा ख़र्च करते थे। उनमें सारे लक्षण अपने पिता के साकार हो गए थे। पं. मदनमोहन मालवीय ने काशी में हिन्दू विश्वविद्यालय स्थापित करने की आधारशिला रखी थी और इस विश्वविद्यालय के निमित्त धन जुटाने के लिए देशाटन पर निकले हुए थे। चंदे में जो भी कोई कुछ दे देता था, वह उसे सहर्ष स्वीकार कर लेते थे। पंडित मदनमोहन घूमते हुए हैदराबाद पहुँचे। उन्होंने भी खूब सुन रखा था कि निज़ाम हिन्दुस्तान का सबसे धनवान राजा है। मदनमोहन मालवीय ने जब निज़ाम से मिलने की इच्छा व्यक्त की तो, निज़ाम ने मालवीय जी को मिलने का वक्त दे दिया, क्योंकि निज़ाम जानता था कि जो भी उनसे मिलने आता है, वह कुछ न कुछ भेंट निज़ाम को अवश्य देता है। लोगों से धन ऐंठने के लिए निज़ाम उनसे मुलाकात कर लिया करता था और विशेष दावतें भी आयोजित करता था। निज़ाम ने यह आदत अख्यितार कर ली थी कि हर दावत में अपनी रियासत के पांच-छः रईस और मालदार लोगों को बुलाना, उनको शैम्पेन के ग्लास पेश करवाना और उनसे पाँच-छः लाख रुपया कमा लेना, जब कि

शैम्पेन की क़ीमत शाही ख़ज़ाने से चुकाई जाती थी। तेजपाल सिंह धामा की पुस्तक 'भाग्य नगर का कैदी : निजाम हैदराबाद' में लिखा है कि रईसों को अक्सर निज़ाम की तरफ़ से छोटे-छोटे मामूली उपहार भेजे जाते, जिनके एवज़ में उनके लिए लाज़िम हो जाता कि निज़ाम को क़ीमती उपहार भेजें। इस तरीक़े से भी निज़ाम क़ाफ़ी दौलत इकट्ठी किया करते थे। धन इकट्ठा करने की एक और तरकीब निज़ाम ने निकाली थी। उस्मान रईसों के यहाँ बिना बुलाए ही ग़मी, शादी-ब्याह व दूसरी रस्मों में चला जाया करते थे। वहाँ उनको भेंट में सोने की गिन्नियाँ जरूर मिलती थीं, क्योंकि जनता भी कोपभाजन नहीं बनना चाहती थी। जब निज़ाम ने सुना कि बहुत बड़े पंडित जी उनसे मुलाकात करना चाहते हैं, तो उन्होंने सोचा कि पंडित जी उन्हें भेंट में कोई न कोई कीमती उपहार अवश्य देंगे। उन्हें क्या पता था कि पंडित

कोई भेंट देने नहीं, बल्कि काशी विश्वविद्यालय के लिए उल्टे उनसे ही चंदा माँगने आए हैं। निज़ाम ने उनका स्वागत करते हुए कहा, "आइए बिरहमन, हमारे महल के तो भाग्य जाग गए, तो साक्षात देवता पधारे हैं।"

"हम देवता कहाँ हिज एक्ज़ाल्टेड हाइनेस! देवता तो आप हैं। आपने उस्मानिया विश्वविद्यालय बनवाकर सरस्वती देवी की अपने ही ढंग से अद्‌भुत पूजा की है।"

"हमने कहाँ...वह तो सब आप जैसे लोगों से एकत्र धन से स्थापित किया गया है।"

"आप भी खूब विनोदी हैं हिज हाइनेस! कौन नहीं जानता कि आपको विरासत में भारी-भरकम खजाना मिला था। हैदराबाद रियासत में प्राचीन काल में सोने व हीरे-जवाहरातों की खाने थीं, इसलिए इस प्रदेश को स्वर्णभूमि के नाम से भी जाना जाता है। इन्हीं खानों की बदौलत आपसे पहले हुए निज़ामों ने बेहिसाब दौलत जमा की थी। उन्हीं की बदौलत आपके पास दुनिया की तवारीख में बेमिस्ल जवाहरात का महाभंडार है और उस भंडार में कुछ धन खर्च करके आपने विश्व की एकमात्र ऐसी यूनिवर्सिटी बनाई, जिसमें विभिन्न भाषाएँ पढ़ाई जाती हैं। निस्संदेह कोई धन का सदुपयोग करना तो आपसे सीखे।"

"हमारे पास बेहिसाब दौलत कहाँ, हम तो गरीब आदमी हैं। देखो हमारी पोशाक कितनी सादी है। एक मामूली कमीज और छोटा ढीला पायजामा पहनता हूँ। मोज़े टांगों से नीचे आ जाते हैं, पायजामा इतना ऊँचा रहता है कि मेरी टांगों का कुछ हिस्सा मोज़ों के ऊपर दिखाई देता है। मैं सिर पर झब्बेदार लाल तुर्की टोपी पहनता हूँ, जानते हो यह कितने साल पुरानी है?"

"कितनी साल पुरानी है?"

"पैंतीस साल पुरानी। हालाँकि यह टोपी फट गई है और इसकी हालत खस्ता है, मगर मुझे यह बेहद पसंद है।"

"महान लोगों के ऐसे ही तो लक्षण होते हैं। गांधी जी भी तो जिन्हें जनता महात्मा कहती है, एक लंगोटी ही पहनते हैं।"

"गांधी तो दिखावा करता है। खुद लंगोटी पहनता है और कांग्रेस के लिए अपने आटोग्राफ देकर चंदा वसूलता है।"

"हमने तो सुना है आपने भी कुछ इसी तरह बहुत सा धन इकट्ठा किया है। आप तो गोलकुंडा राज्य के उत्तराधिकारी होने से दुनिया के सबसे अमीर व्यक्ति माने जाते हैं। इसीलिए तो आपके यहाँ 11000 नौकरों की फौज है, जिसमें से 38 केवल झाड़-फनूस साफ करने में लगे रहते हैं।

आप अपने सिक्के अपने राज्य में ढलवाते हैं और आपका अनश्रुत धन भंडार लोगों की कल्पित या दंतकथाओं में वर्णित लालसा की तुलना से भी बड़ा है। सुना है कि आपके पास रत्नों का इतना बड़ा भंडार है, जिसको निकैडनी (लंदन) की सारी सड़कों पर जड़वाया जा सकता है।"

"कहाँ से सुन लिया पंडित जी! अरे भाई हमारा खजाना तो बिल्कुल खाली है।"

"परंतु हमने तो सुना है!"

"क्या सुना है आपने?"

"हमने सुना है कि आपने विरासत में वज़नदार सोने की छड़ें और ईंटें, हीरे-जवाहरात का भण्डार और बेशुमार क़ीमती ज़ेवरात, हासिल किए। आपके महल में कई तहख़ाने इकट्ठे किए हुए जवाहरात, गहनों और सोने-चांदी की ईंटों से भरे हैं। उन तहखानों के तालों की चाभियाँ आप स्वयं अपने पास रखते हैं और अपने किसी अफ़सर या अहलकार का विश्वास नहीं करते हैं, किसी को भूल से भी वे चाभियाँ कभी नहीं सौपतें हैं।"

"आपको किसने बताया यह सब?"

"धनवानों के चर्चे बताने की जरूरत नहीं होती, वह तो गली-मोहल्लों में गूँजा करते हैं। हमने सुना है कि आपको अपनी बेशुमार दौलत से बड़ा मोह है, तहख़ानों में जाकर जब-तब आप अपनी सोने-चांदी की ईंटें गिना

करते हैं। आपको सोने की ईंटों के चट्टे पर चट्टे लगे देख कर बड़ा सन्तोष होता है। बेशुमार दौलत, सोना, चांदी, जवाहरात और ज़ेवरात की शक्ल में आपके पास है, उसके अलावा तमाम ज़मीन और मकानात-कोठियाँ आपकी जायदाद में शामिल है, जिनसे कई लाख रुपयों की आमदनी होती है। आपके पास मशहूर हीरा 'जैकब' है, जो क़ीमत में कोहनूर से दूसरे नम्बर पर समझा जाता है, कौन नहीं जानता कि उस हीरे का वज़न 282 कैरेट है। उसकी बनावट पेपर-वेट जैसी है। उस पर किसी की नज़र न लगे, इस ख़्याल से आप उसको क्यूटीकोरा साबुन की डिब्बी में रखा करते हैं। जब मन में आता है, तब अपनी लिखने की मेज़ पर पेपर-वेट की जगह उस हीरे का इस्तेमाल करते हैं।"

"यह सब तुम्हें किसने बताया?"

"सर सुल्तान अहमद...।"

"ओह सुल्तान अहमद," निज़ाम ने कहा, "हम तो उसे अपना ख़ास आदमी मानते थे। ख़ास सलाहकार की हैसियत से सभी वैधानिक मामलों में वे सलाह दिया करते हैं, जब वे अपनी सेवाओं से हमें खुश करने में कामयाब हो गए, तब हमने वह हीरा चन्द मिनटों के लिए देखने को उनके हाथ में दिया था। परंतु जब सुलतान अहमद के हाथ में हीरे पर हमारी नज़रें जमी, तो भय के कारण उनका हाथ बरबस काँपने लगा था, लेकिन आज हमारे राज खोलते हुए उन्हें हमारा भय महसूस नहीं हुआ। हम उन्हें निस्संदेह मौत की सजा देंगे।"

"हिज हाइनेस उन्हें मौत की सजा क्यों, उनका कोई कसूर नहीं है।"

"तो हमारे खजाने के बारे में आपको किसने बताया?"

"कुछ अंग्रेजी समाचार-पत्रों में पढ़ा है।"

"समाचार-पत्रों में किसने लिखा, हम उनकी गर्दन मरोड़ देंगे।"

"खोजी पत्रकारों ने।"

"आख़िर ये खोजी पत्रकार चाहते क्या हैं?"

"यही कि आप धन का सदुपयोग करें।"

"तो क्या हम धन का सदुपयोग नहीं करते," निज़ाम ने फिर पूछा, "धन का सदुपयोग कैसे किया जाता है?"

"दान देने से?"

"किसको दें दान? किसमें है इतनी हिम्मत जो हमसे एक पाई भी ले ले। लोग तो हमें देकर खुश होते हैं, फिर कोई हमसे दान भला लेगा ही क्यों," फिर थोड़ा गंभीर होकर निज़ाम ने उनसे पूछा, "बिरहमन कहीं तुम हमें कुछ भेंट देने की बजाय हमसे कुछ माँगने तो नहीं आए?"

" हिज हाइनेस! आपका ख्याल दुरुस्त है। आप तो आदमी को बड़ी अच्छी तरह पहचान लेते हैं।"

"क्या मतलब?"

"मैंने काशी में हिन्दू विश्वविद्यालय बनाने का निर्णय लिया है और उसी के लिए धन एकत्र करता फिर रहा हूँ।"

"हमसे क्या चाहते हो?"

"आप भी कुछ चंदा देकर इस पुण्य कर्म में भागीदार बनें।"

चंदा माँगने की बात सुनते ही निज़ाम की त्योरियाँ चढ़ गईं, "तुम समझते हो कि हम हिन्दू विश्वविद्यालय के लिए चंदा दे देंगे।"

"आप जैसे सम्राट एक शिक्षा मंदिर के लिए भिक्षा नहीं देंगे, तो फिर कौन देगा?" कहकर मदनमोहन मालवीय ने अपनी चद्दर की झोली फैला दी।

उनके चद्दर की झोली फैलाते ही निज़ाम ने अपने दाएँ पैर की रत्नजड़ित जूती उतारी और उसकी झोली में फेंकते हुए बोले, "इससे बेहतर चंदा किसी काफिर के लिए मेरे पास नहीं है।"

"निःसंदेह, इससे अमूल्य धन हमें यहाँ से मिल भी नहीं सकता था।" कहकर मदनमोहन मालवीय ने अपनी झोली समेटी और निज़ाम की जूती को लेकर चल पड़े। निज़ाम पागलों की तरह खड़ा हुआ उसे देखता रहा।

"महात्मन् ऐसी बेइज्जती तो हमारी सात जन्मों में कभी भी नहीं हुई होगी?" चलते हुए मालवीय जी के साथी ने कहा था।

"कैसी बेइज्जती?" मदनमोहन मालवीय ने अपने साथी से पूछा, "तुम किस बेइज्जती की बात कर रहे हो?"

"जैसी निज़ाम के महल में हुई है, हम तो बड़ी आशा से आए थे कि यहाँ से लाखों रुपए मिलेंगे।"

"लेकिन मिल तो गए?"

"कहाँ मिले हैं, एक जूती मिली और वह भी वर्षों पुरानी। कितना कंजूस है निज़ाम!"

"इस जूती की कीमत तुम्हें नहीं मालूम क्या है?"

"अच्छा, क्या है इसकी कीमत?"

"यह तो समय आने पर ही पता चले चलेगा।"

"समय आने पर क्या पता चलेगा, यहाँ से खाली हाथ जा रहे हैं। एक आना भी हाथ नहीं लगा।"

"एक आना की क्या बात, कई आने अभी हाथ लग जाएँगे," मदनमोहन मालवीय ने आगे से आ रहे एक जनाज़े को देखते हुए कहा,"देखो चंदे की राशि खुद हमारे पास चलकर आ रही है।"

"क्या मतलब?"

"..." मालवीय जी ने कुछ उत्तर नहीं दिया, बल्कि दौड़कर जनाज़े के आगे जा पहुँचा। कुछ लोग जो जनाजे के पीछे-पीछे चल रहे थे, उनमें से एक उस अर्थी के ऊपर सिक्के फेंकता चल रहा था और कुछ बच्चे दौड़-दौड़कर उन सिक्कों को उठा रहे थे।

मालवीय जी भी जनाज़े के ऊपर फेंके जा रहे सिक्कों को उठाने लगे। उसके साथी ने पूछा, "महात्मन्! आप यह क्या कर रहे हैं?"

"आपने ही तो कहा था कि दक्षिण में आकर एक आना भी दान में नहीं मिला। मैंने तो कई रुपए चुग लिए हैं।"

"मगर ऐसा पैसा उठाना...।"

"मैं बच्चों के हाथों से झपट्टा नहीं मार रहा, बल्कि उन सिक्कों को उठा रहा हूँ, जो नाली में जाकर पड़नेवाले हैं।"

"मगर इन सिक्कों का क्या करोगे?"

"एक-एक बूँद से ही घड़ा भर जाता है।"

"हाँ बात तो सही है, कम-से-कम यह संतोष तो रहेगा ही कि निज़ाम के हैदराबाद से खाली हाथ नहीं लौटे।" कहकर मालवीय जी का साथी भी अर्थी के ऊपर फेंके जा रहे सिक्कों को उठाने लगा।

उन्हीं दिनों भारत के एक नए भाग्य विधाता का उदय हो रहा था। वे भाग्य विधाता थे मोहनदास करमचंद गांधी। यद्यपि वह भारत की आजादी का बड़ा समर्थन करता था, तथापि उसने घोषणा की थी कि बिना अंग्रेजों के भारत कुछ भी नहीं होगा और ब्रिटिश साम्राज्य की मदद भारत की मदद होगी। उसका यह भी मानना था कि भारत तभी आजादी की कामना कर सकता है या कम से कम स्व-शासन की इच्छा कर सकता है, जब मित्र देशों की सेनाओं की जीत हो।

भारत के इस नए भाग्य विधाता को मदनमोहन मालवीय ने बनारस हिन्दू विश्वविद्यालय के उद्‌घाटन समारोह में मुख्य अतिथि के रूप में बुलाया था। वह विश्वविद्यालय के उद्‌घाटन समारोह के मंच से बोल रहे थे, "आप लोग हमारे सामने जो हीरे-जवाहरात की नुमाइश कर रहे हैं, वह आँखों के लिए बहुत भव्य दृश्य है।"

भारत के वायसराय समेत समारोह में सजे-धजे राजा-महाराजाओं के विशिष्ट अतिथियों और विद्यार्थियों के सामने एक सूती धोती लपेटे हुए दुबले-पतले अहिंसा के पुजारी ने कहा, "पर जब मैं इन अलंकारों की लाखों-करोड़ों गरीब लोगों के चेहरों से तुलना करता हूँ, तो मुझे लगता है कि भारत का उद्धार तब तक नहीं होगा, जब तक कि आप यह सब आभूषण उतारकर उन गरीब लोगों के हाथ पर नहीं रख देते।"

हैदराबाद के निज़ाम भी उस समारोह में आए हुए थे, हालाँकि उन्होंने चंदा देने के बदले पंडित मदनमोहन मालवीय की झोली में अपनी जूती फेंक दी थी, लेकिन समारोह से ठीक पहले पंडित मदनमोहन मालवीय ने अख़बारों में विज्ञापन दिया था कि विश्वविद्यालय में अलग-अलग संकायों के निर्माण के लिए दान में मिले महत्वपूर्ण उपहारों की भी नीलामी होगी और नीलाम होने वाले उपहारों में विश्व के सबसे धनी निज़ाम हैदराबाद की एक जूती भी नीलाम की जाएगी। अख़बारों में यह विज्ञापन पढ़कर निज़ाम के तो होश ही ठिकाने आ गए थे, उसके प्रधानमंत्री किशन प्रसाद ने भी उसे यह कहकर डरा दिया था, "हिज हाइनेस आपकी जूती की नीलामी का विज्ञापन एक दुःखद घटना है।"

"यानी हमारे ऐसे हालात हो गए कि अब हमारी जूतियाँ भी नीलाम होने लगी," क्रोध से लाल-पीले हुए सर उस्मान अली ने यही कहा था, "ऐसा कभी नहीं होगा। इसका कोई न कोई तो समाधान खोजना ही होगा?"

"एक समाधान है?" किशन प्रसाद ने कहा, "यदि नीलामी में आप अपनी जूती की सबसे ज्यादा कीमत चुकाकर उसे खरीद लें, तो इससे इज्जत नीलाम होने से बच जाएगी।"

"आपने दुरुस्त फरमाया।" यही जवाब देकर, इसी उद्देश्य से उस्मान अली विश्वविद्यालय के उद्घाटन समारोह में आए थे। गरीबों के मसीहा गांधी जी की बात सुनते ही निज़ाम ने अपने गले में पड़े कीमती हार को टटोला। गांधी जी के भाषण से श्रोताओं में कुछ लोग नाराज होने लगे, "इस भूखे फकीर को किसने बुलाया है यहाँ?" इसी आवाज के साथ ही लोगों में खलबली मच गई। लेकिन तभी बीच में कुछ विद्यार्थियों की आवाज सुनाई पड़ी, "उसकी बात को सुनो। उसको सुनो।"

कुछ राजाओं ने यह सोचकर कि उन्होंने गांधी जी को पर्याप्त सुन लिया है, वहाँ से उठकर जाने लगे, पर निज़ाम उस्मान अली ने ऐसा नहीं किया, क्योंकि अभी तक उपहारों की नीलामी नहीं हुई थी और वैसे भी निज़ाम के

करीब ही वायसराय भी बैठे थे, इसलिए वायसराय से पहले उठने का साहस भी निज़ाम नहीं कर सकते थे।

"जब मैं सुनता हूँ कि भारत में यहाँ पर ये महल बन रहा है और वहाँ पर वो महल बन रहा है, तो मुझे पता है कि यह उन गरीब किसानों की कमाई से बनाया जा रहा है। स्वायत्त शासन या आजादी के कोई मायने नहीं यदि हम देहातियों से उनकी मेहनत की कमाई चुरा लेते हैं। इस तरह से हम किस प्रकार का देश बनाने जा रहे हैं?"

"बकवास बंद करो।" निज़ाम ने रोबीली आवाज में कहा। पर उसकी बात पर किसी ने ध्यान नहीं दिया और लोग गांधी जी की ओर ही टकटकी लगाए रहे।

"हमारा उद्धार ग्रामीणों द्वारा ही होगा, न कि वकीलों, डॉक्टरों और धनी जमींदारों से।"

"कृपया रूक जाएँ।" एनी बेसेंट, जो एक प्रगतिशील अंग्रेज स्त्री थी और भारत की पहली हिंदू यूनिवर्सिटी की संस्थापक भी थी, ने कहा।

"कृपया भाषण जारी रखें।" पास बैठे एक व्यक्ति चिल्लाए। वह व्यक्ति वल्लभभाई पटेल थे।

"बैठ जाओ गांधी।" निज़ाम फिर चिल्लाए।

परंतु सरदार वल्लभभाई पटेल का सुर्ख लाल चेहरा देखकर निज़ाम एकदम भयभीत हो गए थे। सरदार पटेल की आँखों से शोले बरसते देख कपूरथला महाराजा भी शांत हो गए थे। भारत में यह पहली बार हुआ था कि देश के दो शक्तिशाली राजा एक किसान नेता की धमकी से भयभीत हुए थे। और गांधी जी के भाषण के साथ ही पंडित मदनमोहन मालवीय ने घोषणा की, "और अब होगी अनमोल उपहारों की नीलामी," मदनमोहन ने एक जूती दिखाते हुए कहा, "यह जूती कोई मामूली जूती नहीं है, यह हैदराबाद के निज़ाम की जूती है, लगाइए जनाब इसकी कीमत?"

"सौ रुपए!" किसी ने कहा।

"एक हजार रुपए।" तभी कोई दूसरा बोला।

"एक लाख रुपए।" सरदार पटेल ने भी बोली लगाई।

रामचंद्रराव जो बाद में पटेल के पास आकर ही बैठ गए थे उन्होंने वल्लभभाई से पूछा, "इतनी मामूली-सी जूती एक लाख रुपए में लेकर आप क्या करेंगे?"

"खरीदकर तमाशा करूँगा।" उसका जवाब था।

"दस लाख रुपए।" तभी निज़ाम ने अपनी बोली लगाई।

निज़ाम की बोली लगते ही पटेल ने पास बैठे रामचंद्रराव से कहा, "लो देख लिया तमाशा।"

"ओह! इसका मतलब आपने निज़ाम की जूती की कीमत एक लाख रुपए उस्मान अली को उकसाने के लिए थी।"

"हाँ, मैं जानता था कि निज़ाम किसी भी कीमत पर अपनी जूती स्वयं ही खरीद लेगा।"

"मगर निज़ाम ने ऐसा क्यों किया?"

"इसलिए कि इनसे बड़ा सनकी राजा भारत में और कोई नहीं है।"

# गौ, गंगा व गायत्री

महामना मदन मोहन मालवीय समिति के सचिव पं. शशि मालवीय के अनुसार गौ, गंगा व गायत्री महामना का प्राण थे। उन्होंने बनारस हिन्दू विश्वविद्यालय में बाकायदा एक बड़ी गौशाला बनवाई थी। इस गौशाला को देखरेख के लिए विश्वविद्यालय के कृषि कॉलेज को सौंपा गया था। गंगा उन्हें इस कदर प्यारी थीं कि उन्होंने न सिर्फ गंगा के लिए बड़े आंदोलन किए वरन गंगा को विश्वविद्यालय के अन्दर भी ले गए थे, जिससे कि पूरा प्रांगण हमेशा पवित्र रहे।

न्यायमूर्ति मालवीय के अनुसार, महामना सही मायनों में आधुनिक भारत के निर्माणकर्ता थे। देश में इंजीनियरिंग, फार्मेसी आदि की पढ़ाई का कार्य महामना ने ही प्रारंभ किया था। काशी हिन्दू विश्वविद्यालय में देश में पहली बार इंजीनियरिंग की पढ़ाई शुरू हुई थी। दशकों तक देश में इंजीनियरिंग की डिग्री खास कर इलेक्ट्रिकल व मैकेनिकल की डिग्री बनारस इंजीनियरिंग कॉलेज के माध्यम से ही दी जाती रही है।

सनातन धर्मी छात्रों को शाकाहारी भोजन व रहने की व्यवस्था सुलभ कराने के लिए इलाहाबाद में हिन्दू छात्रावास (हिन्दू बोर्डिंग हाउस) की स्थापना, भारती भवन पुस्तकालय, दो अखबार प्रारंभ करने आदि के कार्य महामना ने किए थे। हिन्दू छात्रावास आज भी इलाहाबाद विश्वविद्यालय का सबसे बड़ा छात्रावास है। न्यायमूर्ति मालवीय के अनुसार, महामना हिन्दी के प्रबल समर्थक थे।

वह अंग्रेजी में बात करने को देशद्रोह मानते थे। महामना के अथक

प्रयासों के फलस्वरूप ही तत्कालीन अंग्रेज सरकार ने 18 अप्रैल 1900 को आदेश जारी कर देवनागरी को सरकारी कार्यालयों व न्यायालयों में प्रयोग की अनुमति दी थी।

मालवीय जी देश आजादी के साथ-साथ वे रचनात्मक कार्यों को प्रमुखता देते थे, गोशालाओं के लिए उन्होंने राष्ट्रव्यापी अभियान चलाए, जिसमें बिहार में तो सरकारी कर्मचारी भी अपनी कमाई से कुछ अंश गोशालाओं के लिए निकालते थे, आज भी बिहार और उत्तर प्रदेश में सैकड़ों स्थानों पर गोशाला, गोचर की जमीने पड़ी हैं गोशालाए मृत पड़ी हैं मालवीय चाहते थे कि एक स्थान पर एक लाख गायों की गोशाला बनाई जाए जो पूर्ण न हो सकी, उनकी मंशा थी की प्रत्येक हिन्दू को घर में कम से कम एक गाय पालनी ही चाहिए।

मालवीय जी एक स्थान पर एक लाख ब्रह्मचारियों का गुरुकुल चाहते थे उसी महत्वाकांक्षा का परिणाम काशी हिन्दू विश्वविद्यालय की स्थापना हुई, यह विश्वविद्यालय भारत को, हिन्दू समाज को अनुपम भेंट है मालवीय जी एक ऐसे राष्ट्रीय नेता थे जिनका प्रभाव देश के प्रत्येक वर्ग में था, महात्मा गाँधी उनको बड़ा भाई कहते तो राजा-महराजे उन्हें पूजते थे।

हिन्दू महासभा के वे जन्मदाता थे, हिन्दू संगठन, हिन्दू धर्म उनका प्राण था, उनकी भेंट संघ संस्थापक डॉ. हेडगेवार से हुई। वार्ता के पश्चात् मालवीय जी संघ के लिए धन इकट्ठा करने की बात की तो डॉक्टर जी ने यह कहते हुए मना कर दिया की हमें तो आप ही मिल गए हैं, तो धन तो अपने-आप आ जाएगा, इसपर उन्होंने काशी हिन्दू विश्वविद्यालय में राष्ट्रीय स्वयंसेवक संघ का कार्यालय बनवाया, वे कहते थे –

ग्रामे–ग्रामे सभा कार्या,
ग्रामे–ग्रामे कथा शुभाः

उनका यह सदेश प्रत्येक हिन्दू गाँव में विद्यालय, कुश्ती लड़ने के लिए

अखाडा हो, जिससे प्रत्येक हिन्दू बलवान हो, लेकिन उनके मन में द्वेष का स्थान नहीं था। पर्व व परंपरागत धार्मिक कथाएँ और सभाएँ होनी चाहिए ऐसा उनका समाज से आग्रह था, वे मन से शारीर तक सम्पूर्ण स्वदेशी थे।

सनातन धर्म व हिन्दू संस्कृति की रक्षा और संवर्धन में मालवीय जी का योगदान अनन्य है। जनबल तथा मनोबल में नित्यशः क्षयशील हिन्दू जाति को विनाश से बचाने के लिए उन्होंने हिन्दू संगठन का शक्तिशाली आन्दोलन चलाया और स्वयं अनुदार सहधर्मियों के तीव्र प्रतिवाद झेलते हुए भी कलकत्ता, काशी, प्रयाग और नासिक में भंगियों को धर्मोपदेश और मन्त्रदीक्षा दी।

उल्लेखनीय है कि राष्ट्रनेता मालवीय जी ने, जैसा स्वयं पं. जवाहरलाल नेहरू ने लिखा है, अपने नेतृत्वकाल में हिन्दू महासभा को राजनीतिक प्रतिक्रियावादिता से मुक्त रखा और अनेक बार धर्मों के सहअस्तित्व में अपनी आस्था को अभिव्यक्त किया।

प्रयाग के भारती भवन पुस्तकालय, मैकडोनेल यूनिवर्सिटी, हिन्दू छात्रालय और मिण्टो पार्क के जन्मदाता, बाढ़, भूकम्प, सांप्रदायिक दंगों व मार्शल ला से त्रस्त दुःखियों के आँसू पोंछने वाले मालवीयजी को ऋषिकुल हरिद्वार, गोरक्षा और आयुर्वेद सम्मेलन तथा सेवा समिति, ब्वॉय स्काउट तथा अन्य कई संस्थाओं को स्थापित अथवा प्रोत्साहित करने का श्रेय प्राप्त हुआ, किन्तु उनका अक्षय-र्कीति-स्तम्भ तो काशी हिन्दू विश्वविद्यालय ही है, जिसमें उनकी विशाल बुद्धि, संकल्प, देशप्रेम, क्रियाशक्ति तथा तप और त्याग साक्षात् मूर्तिमान हैं।

विश्वविद्यालय के उद्देश्यों में हिन्दू समाज और संसार के हित के लिए भारत की प्राचीन सभ्यता और महत्ता की रक्षा, संस्कृत विद्या के विकास एवं पाश्चात्य विज्ञान के साथ भारत की विविध विद्याओं और कलाओं की शिक्षा को प्राथमिकता दी गई। उसके विशाल तथा भव्य भवनों एवं विश्वनाथ मन्दिर में भारतीय स्थापत्य कला के अलंकरण भी मालवीय जी के आदर्श के ही प्रतिफल हैं।

मदन मोहन मालवीय जी के भोजन के लिए 'दानवीर' कहे जाने वाले शिव प्रसाद गुप्त जी के यहाँ से अन्न आता था। आजादी की लड़ाई में शिवप्रसाद गुप्त जी और उनके परिवार का अद्‌भुत योगदान है। मालवीय जी बनारस में जहाँ रहते थे, वहाँ उनकी रसोई अलग बनती थी। साथ में परिवार के जो लोग थे, उनका भोजन अलग रसोई में बनता था। एक ही छत में संयुक्त परिवार के दो रसोई केंद्र। एक दिन की घटना है कि मालवीय जी के एक पौत्र की परीक्षा थी। उसे समय से जाना था।

घर की रसोई में खाना तैयार नहीं था। मालवीय जी की रसोई में खाना बन गया था। मालवीय जी के महाराज (कुक) ने जब देखा कि मालवीय जी का पौत्र बिना खाए परीक्षा देने जा रहा है, तो उसने कहा, बचवा, बाबू (मालवीय) जी का भोजन तैयार है। आओ, इसी में से खिला दें।

मालवीय जी बगल में ही थे, उन्होंने यह बात सुन ली। बुलाकर अपने पौत्र से कहा कि जहाँ तुम्हारा परीक्षा केंद्र है, वहाँ फल-मिठाई मिलते हैं। फिर पास से कुछ पैसे दिए और कहा, जाओ वहीं खा लेना।

परीक्षा केंद्र के आस-पास कुछ खास मिला नहीं, पौत्र भूख से छटपटा रहा था। परीक्षा केंद्र से घर लौटा, तो सूचना मिली कि मालवीय जी आज भूखे हैं। खाना नहीं खाया है, अपने पौत्र का इंतजार कर रहे हैं। उनका पौत्र जैसे ही परीक्षा केंद्र से लौटकर घर में घुसा, महाराज ने कहा, जल्दी हाथ-पाँव धो लो। बाबू (मालवीय जी) भूखे बैठे हैं।

फिर दोनों साथ खाना खाने बैठे। मालवीय जी का खाना उनकी रसोई से आया और उनके पौत्र का खाना उनके घर के लोगों के लिए तय रसोई से आया।

जब दोनों खाने बैठे, तब पौत्र ने पूछा, 'दादाजी आपने भोजन क्यों नहीं किया?' महामना ने कहा, 'तुमको बिना खाए भेजा, तो खुद कैसे खा लेता?' फिर पौत्र ने कहा, 'एक दिन मैं आपके ही रसोई में बने खाने से खा लेता, तो मैं भी भूखा न रहता और आप भी अब तक भूखे नहीं रहते।'

तब मालवीय जी ने जवाब दिया, वह अद्‌भुत है, अतुलनीय है, पूरी आजादी की लड़ाई का चरित्र, सत्व, संस्कृति और मर्म समझने में मदद करता है। किस चरित्र ने इस गुलाम और सोए देश को जगाया, वह चरित्र पता चलता है। मालवीय जी ने कहा, 'मेरा भोजन बाबू शिवप्रसाद गुप्त के घर से आए अन्न से बनता है। इसे वह दान स्वरूप भेजते हैं। मैंने देश की थोड़ी सेवा की है, इसलिए मुझे दान का यह अन्न पच जाएगा। मेरे परिवार के लोगों ने देश की सेवा नहीं की है, इसलिए उनके लिए दान का यह अन्न क्षतिकर सिद्ध होगा और कौन संवेदनशील व्यक्ति होगा, जो अपने परिवार की क्षति चाहेगा?' दान में आए अन्न के प्रति जहाँ यह सजगता थी।

जहाँ नैतिक स्तर का यह मापदंड था, वह मुल्क अब कहाँ है? यह तो खुद से पूछने का प्रसंग है। दान का अन्न यानी बिना कीमत चुकाए आया मुफ्त अन्न, परिवार के सदस्य इस मुफ्त अन्न से बना खाना न खाए, तब यह सजगता थी। आज देश कहाँ खड़ा है?

यथेष्ठ आचरण पर महामना सदैव उपदेश ही नहीं देते थे बल्कि उनका सर्वथा पालन भी किया करते थे। बीएचयू के कुलपति रहते हुए मालवीय जी ने सासाराम बिहार से आए छात्र जगजीवन राम को न सिर्फ दाखिला दिलाया बल्कि रूईया छात्रावास में रहने के लिए कमरा भी दिलाया। मालवीय जी का प्रत्यक्ष आशीर्वाद मिलने के बाद भी बाबू जगजीवन राम को सामाजिक भूतबाधा से पिण्ड छुड़ाना आसान न था, क्योंकि यह उस दौर की बात है, जब नाई भी दलित वर्ग के व्यक्ति के बाल नहीं काटता था। निरीक्षण के समय जगजीवन राम को कमरा आवंटित होने के बाद भी सीढ़ियों के पास रहते देखकर उन्होंने अधीक्षक और छात्रों के बीच दृढ़ता से कहा, 'यदि इन्हें रखने में किसी को आपत्ति है, तो ये आज से मेरे घर में पुत्र गोविन्द मालवीय के साथ रहेंगे।'

जब उन्हें पता चला कि कर्मचारी जगजीवन राम के जूठे बरतन बिना माँजे ही छोड़ देते हैं तब वे खुद बर्तन माँजने के लिए तत्पर हो गए। इस

पर कर्मचारियों और छात्रों ने क्षमा माँगते हुए भविष्य में ऐसा नहीं होने का वचन दिया। जगजीवन राम बिहार में सब की परीक्षा में प्रथम स्थान पर आए मालवीय जी उनको कशी हिन्दू विश्वविद्यालय में ले गए।

मालवीय जी ने गाँव के एक बालक को इतना बड़ा बनाया कि आगे चलकर यह बालक भारत का उप प्रधानमंत्री बना।

# ज्ञान का महान प्रचारक

मालवीय जी ने ज्ञान एवं शिक्षा के प्रचार को बहुत अधिक महत्व दिया। उनका मानना था कि शिक्षा राष्ट्रीय गौरव को पुनर्जाग्रत करने का एकमात्र रास्ता है तथा वे इसे सामाजिक तथा सांस्कृतिक बदलाव का साधन मानते थे।

पंडित मदन मोहन मालवीय जी प्रसिद्ध देश भक्त, विद्वान, शिक्षाविद, कुशल वक्ता, परिपक्व पत्रकार, सफल राजनीतिज्ञ और उच्च कोटि के वकील ही नहीं देश की दशा और दिशा बदल सकने की शक्ति रखने वाले एक ऐसा योद्धा भी थे, जिनका इतिहास में कोई उदाहरण ढूँढ पाना मुश्किल है। मदन मोहन मालवीय जी को अगर महान धर्मनिरपेक्ष व्यक्ति कहा जाए तो यह अपने आपमें अतिश्योक्ति नहीं होगी। मदन मोहन मालवीय जी कहा करते थे मर जाऊँ मागूं नहीं अपने तन के काज, पर्मारथ के कारने लगे न मोहि लाज। फिर भी हैदराबाद के निजाम को ही नहीं काशी नरेश को भी मना लिया था धन और जमीन देने के लिए।

काशी नरेश जिन्हें उस भूमि से भारी मोह था, जहाँ उस महाविद्यालय का निर्माण होना था। काशी नरेश के विवेक को जगाकर जो भूमि विश्वविद्यालय के लिए माँगी जा रही थी, उस भूमि को दान देने के लिए बाध्य कर दिया था। मालवीय जी की धारणा थी कि जब तक देश की एक भाषा न होगी और संस्कृति न होगी तब तक देश में एकता और संगठन का अभाव भी बना रहेगा।

एक भाषा एक संस्कृति के अभाव में देश शक्तिशाली, आत्मनिर्भर और सजग नहीं बन सकता। वे कहा करते थे चिंतन के बस तीन गान हिंदू हिंदी

हिंदुस्तान। पंडित मदन मोहन मालवीय जी कहा करते थे, राष्ट्र क्या है? यदि राष्ट्र के निवासियों का शरीर दुर्बल है तो राष्ट्र दुर्बल है यदि निवासियों का मन दुर्बल है, तो राष्ट्र दुर्बल है। यदि राष्ट्र के निवासियों की आत्मा दुर्बल है, तो राष्ट्र दुर्बल है। महामना मदन मोहन वास्तव में काशी और वाराणसी का, नेपाल के लोगों के साथ प्राचीन संबंध है। बनारस हिंदू विश्वविद्यालय ने अपनी शुरुआत से ही इस परंपरा को जारी रखा है और नेपाल से विद्यार्थी सदैव यहाँ अध्ययनरत रहे हैं। इसके पूर्व-विद्यार्थियों में नेपाल के बहुत से नेता, मंत्री, सांसद, न्यायाध ीश, शिक्षाविद्, सार्वजनिक विभूतियाँ तथा नागरिक हैं। धरती के सच्चे लाल, मालवीय जी ने अपना पूरा जीवन राष्ट्र सेवा में समर्पित कर दिया, एक राजनेता, विद्वान, शिक्षाविद्, पत्रकार, समाज सुधारक तथा विधिनिर्माता के रूप में आधुनिक भारत के निर्माण में उनका असीम और विविध योगदान रहा है। वे आधुनिक भारत के अग्रगण्य निर्माताओं में से थे और भारतीय राष्ट्रीय आंदोलन के महत्वपूर्ण नेता थे। बनारस हिंदू विश्वविद्यालय भारत का प्रथम एक-परिसरीय तथा आवासीय शिक्षण विश्वविद्यालय है, जिसे महामना जी द्वारा इकट्ठा किए गए सार्वजनिक दान से स्थापित किया गया था। यह भारत में उच्च शिक्षा में सामुदायिक सहभागिता का भी पहला उदाहरण है। इस विश्वविद्यालय की स्थापना, प्राचीन परंपराओं तथा आधुनिक संकल्पनाओं के बीच तालमेल के लिए तथा भारतीय प्रज्ञा का पश्चिमी ज्ञान के साथ समरसता के लिए की गई थी। इस प्रकार ज्ञान की यह महान पीठ न केवल भारतीय प्रज्ञा की अभिव्यक्ति का प्रतीक थी, बल्कि यह राष्ट्रवाद तथा सार्वभौमिक मूल्यों की समग्र परिकल्पना का समावेश करने का भी केंद्र बन गई। देश की ओर से इस महान राष्ट्रभक्त के कार्यों की प्रशंसा करते हुए महात्मा गांधी ने कहा था, "मालवीय जी की देश को सेवाएँ महान हैं और मुझे इसमें कोई संदेह नहीं है कि बनारस हिंदू विश्वविद्यालय उनकी महानतम् सेवा है तथा उन्होंने उस काम को करते हुए खुद को थका डाला, जो कि उन्हें अपने जीवन के समान ही प्रिय है।"

उनकी महत्वाकांक्षा तथा मुखर नजरिया उनके इन शब्दों से उजागर होता है, “हमें खर्च करने के लिए पर्याप्य धन सहित शिक्षा का दायित्व सौंप दिया जाए, तो मैं भारत के अपने सभी सहयोगी शिक्षाविदों की ओर से यह वायदा करता हूँ कि थोड़े ही वर्षों के अंदर हम इस धरती से निरक्षरता को उखाड़ फेंकेंगे और अपने लोगों के बीच शिक्षा और नागरिकता के विचारों का ऐसा प्रसार कर देंगे कि सांप्रदायिकता की धुंध, राष्ट्रवाद के सूरज के आगे छँट जाएगी, जिसे अपने सभी लोगों के दिलों में समावेश करने का हमारा प्रयास होगा।” यह तथ्य कि निरक्षरता अभी भी समाप्त होनी है और सांप्रदायिकता खत्म होनी है, हमें अपने सामने इस अधूरे कार्य की याद दिलाती है। एक दीक्षांत भाषण में उन्होंने दो प्राचीन उक्तियाँ कही थी जो कि पूरी मानवता तथा सभी धर्मों के लिए आचरण संहिता का निर्धारण करती हैं, वे हैं, “हमें दूसरों के साथ ऐसा व्यवहार नहीं करना चाहिए जैसा व्यवहार यदि हमारे साथ होता है तो हमें वह नापसंद हो” तथा “हम अपने लिए जैसा चाहते हैं दूसरों के लिए भी वैसा ही चाहें।”

महामना महिला शिक्षा के बड़े हिमायती थे। सर्वेपल्लि राधाकृष्णन एवं गांधी जी की उपस्थिति में एक बार उन्होंने कहा था, “हमारी महिलाओं की शिक्षा उससे कहीं अधिक महत्वपूर्ण है जितनी कि हमारे पुरुषों की। वे भारत की भावी पीढ़ी की माताएँ हैं।”

इसी परिकल्पना के साथ उन्होंने इस विश्वविद्यालय में महिला कॉलिज की स्थापना की। महिला शिक्षा और सशक्तीकरण पर महामना द्वारा दिए गए बल से हमें इस दिशा में प्रयासों में तेजी लाने की प्रेरणा मिलनी चाहिए। महामना पं. मदन मोहन मालवीय इस युग में भारतीय ऋषि परंपरा के आदर्श पुरुष थे। उनके व्यक्तित्व में एक महान देशभक्त, दूरदर्शी राजनीतिज्ञ, कुशल अधिवक्ता, सुयोग्य संपादक, ओजस्वी वक्ता, ध्येयनिष्ठ शिक्षाशास्त्री, समर्पित समाजसेवी तथा प्राचीन गौरव के प्रतीक विद्वान धार्मिक नेता के दर्शन होते हैं। उनके द्वारा किया गया चिंतन, आचरण,

कार्य एवं आन्दोलन भारतीय संस्कृति के अनुरूप नीतिनिर्धारण का सन्देश देता है, ऐसे नेता विरले ही होंगे जिनकी बात सम्पूर्ण जनमानस ध्यान से सुनता हो, जिसे सभी का आदर-सम्मान प्राप्त हो और जिसका कोई विरोधी न हो।

उनके बारे में स्वयं महात्मा गाँधी कहते हैं, "मैं मालवीय जी को एक आदर्श हिन्दू मानता हूँ और उनसे बड़ा देशभक्त किसी को नहीं मानता। मैं उनकी सदैव पूजा करता हूँ।" मालवीय जी द्वारा चलाए गए अस्पृश्यता विरोधी अभियान से प्रेरित होकर ही महात्मा गाँधी ने व्यापक हरिजनोद्धार आन्दोलन प्रारंभ किया और कथित अछूत वर्ग को हरिजन नाम दिया।

मालवीय जी देशवासियों में सत्य और ज्ञान की शक्ति से युक्त एक ऐसी

राष्ट्रीय भावना का विकास करना चाहते थे, जिसमें देश के सर्वांगीण विकास के लक्ष्य को प्राप्त करने के लिए विज्ञान और प्रौद्योगिकी के साथ धर्म का समन्वय हो।

इस लक्ष्य की पूर्ति हेतु उन्होंने देश में प्राचीन भारतीय ज्ञान और नवीनतम वैज्ञानिक आविष्कारों से सतत आच्छादित आधुनिक तक्षशिला और आधुनिक नालंदा की स्थापना करने का स्वप्न देखा। सत्यमेव जयते और कर्म एव जीवनम् को अपने आचरण में समाहित करने वाले महामना ने पूर्व और पश्चिम की अच्छाइयों की आधारभूमि पर काशी हिन्दू विश्वविद्यालय की स्थापना करके भावी भारत के निर्माण की रूपरेखा बनाई। यह आज एशिया का सबसे बड़ा और संसार का तीसरा सबसे बड़ा विश्वविद्यालय है, जो भिखारी से लेकर राजे-रजवाड़ों तक के सहयोग से निर्मित होने के कारण सही मायनों में जनसामान्य का विश्वविद्यालय है।

20वीं शताब्दी के प्रारंभ में जब मालवीय जी विश्वविद्यालय की योजना को कार्यरूप देने में व्यस्त थे उसी समय डॉ. एनी बेसेंट भी काशी में विश्वविद्यालय की स्थापना के क्षेत्र में आगे बढ़ रहीं थी और दरभंगा नरेश महाराज रामेश्वर सिंह भी वाराणसी में 'शारदा विद्यापीठ' की स्थापना करना चाहते थे।

इन तीनों विश्वविद्यालयों की योजना परस्पर विरोधी थी। मालवीय जी इन दोनों से परामर्श करके उन्हें यह समझाने में सफल रहे कि अपने देश का विकास प्राचीन तत्त्वज्ञान और आधुनिक वैज्ञानिक व प्रौद्योगिकी के समन्वय से ही संभव है। मालवीय जी ने इन्हें अपनी योजना पर सहमत करते हुए बीएचयू में अन्य संकायों के बजाय सबसे पहले इंजीनियरिंग कॉलेज का निर्माण कराकर देश के विकास की परिकल्पना और उसके अनुरूप भावी पीढ़ी को दी जाने वाली शिक्षा के प्रति अपना दृष्टिकोण साफ कर दिया।

हिन्दू समाज को संगठित करके राष्ट्र को परमवैभव के शिखर पर पहुँचाने का लक्ष्य लेकर कार्य कर रहे राष्ट्रीय स्वयंसेवक संघ से महामना खासे प्रभावित थे। वे नागपुर की संघ शाखा में गए और वहाँ ऊँच-नीच,

पृश्य-अस्पृश्य, छोटे-बड़े की भावना त्यागकर हिन्दू के नाते एकजुट होकर विविध कार्यक्रमों को संपन्न करते स्वयंसेवकों को देखा और संघकार्य की भूरि-भूरि प्रशंसा की। उन्होंने काशी हिन्दू विश्वविद्यालय में संघ कार्यालय के लिए भवन बनवाया और संघकार्य के विस्तार की शुभकामनाएँ दी। बाद में आपातकाल के दौरान सरकार ने मालवीय जी द्वारा बनवाए गए इस 'संघ भवन' को गिरवा दिया।

10 सितम्बर 1935, काशी हिन्दू विश्वविद्यालय के शिवाजी हाल में विद्यार्थियों और अध्यापकों की विशाल सभा में भाषण देते हुए पूज्य मालवीय जी ने कहा : यह शरीर परमात्मा का मंदिर है। इसमें ईश्वर का निवास है। सदैव उसको अपने भीतर अनुभव करो और इस मंदिर को कभी अपवित्र न होने दो। इस मंदिर को अपवित्र बना देने वाली कुछ बातें हैं, जिनसे सदा बचो। भूल कर भी, स्वप्न में भी असत्य मुँह से न निकलें – इसकी कोशिश बराबर करो। यदि कहीं भूल से झूठ निकल जाय तो उसे डायरी में नोट कर लो और भगवान् से उस असत्य के लिए प्रार्थना करो, क्षमा माँगो, सच्चे और पवित्र हृदय से उसके चरणों में गिरो और पुनः असत्य न बोलने का व्रत लो। उसे अपना प्राण देकर भी पा लो।

इस पवित्र मंदिर का रक्षक ब्रह्मचर्य है। ब्रह्मचर्य ही हमें वह आत्मबल देता है जिसके द्वारा हम संसार को जीत सकते हैं। ब्रह्मचर्य ही की यह महत्ता है कि मेघनाद को परास्त करने के लिए लक्ष्मण जैसा ब्रह्मचारी चुना गया। अर्जुन ने भी ब्रह्मचर्य के बल जयद्रथ को हराया था। महावीर, भीष्म, अर्जुन, लक्ष्मण, शंकर ब्रह्मचर्य की मूर्ति हैं। हम ब्रह्मचर्य के द्वारा अपने भीतर वह विद्युत् शक्ति भर सकते हैं, जिसे प्राप्त कर हम विश्वविजयी बन सकते हैं। लक्ष्मण और अर्जुन को सदा ध्यान में रखो। ब्रह्मचर्य के पालन करने में उनका स्मरण बड़ी सहायता देगा। भारतवर्ष का मस्तक इन्हीं ब्रह्मचारियों ने ही ऊँचा रखा है और आज इसकी रक्षा का भार तुम्हारे सिर पर है। महापुरुषों के चित्र अपने कमरे में लगा लो और उन्हीं के उपदेश और आचरण पर अपने

मन को जमाओ। हृदय को कभी कलुषित न होने दो। मन को सदा प्रफुल्ल और उल्लसित रखो। तुम लोग धर्म के सैनिक हो, धर्म की रक्षा के लिए सरस्वती के सैनिक हो। सैनिक का आदर्श अपने सामने रखो। प्रातःकाल 5 बजे के पूर्व अवश्य विस्तर छोड़ दो और नित्यकर्मादि से निवृत्त होकर एकान्त में भगवान् से प्रार्थना करो।

आह्निक (डायरी) लिखने से मनुष्य को उन्नति में बहुत सहायता मिलती है। संसार के अनेक महापुरुषों के चरित्र में यह पाओगे कि वे अपनी दुर्बलता को डायरी में नोट करते जाते थे और उसे दूर करने के लिए भी अथक प्रयत्न करते जाते थे। डायरी में अपना हृदय खोल कर रख दो। यहाँ अपने सम्मुख भगवान् को समझकर अपनी बुराइयों, दोषों, अपराधों के लिए पश्चाताप करो और परमात्मा से क्षमा मांगो। तुम्हारे जीवन को पवित्र, सुखी, नियमयुक्त बनाने के लिए गीता का यह श्लोक बहुत लाभदायक सिद्ध होगा :

युक्ताहारविहारस्य, युक्तचेष्टस्य कर्मसु ।
युक्तस्वप्नावबोधस्य योगो भवति दुःखहा।।

सभी बातों में संयम सीखो। वाणी में संयम, भोजन में संयम रखो और अपने सभी कर्मों में शीलवान बनो। शील ही से मनुष्य मनुष्य बनता है। शीलं परम भूषणम् शील ही पुरुष का सबसे उत्तम भूषण है।

# मृत्यु

मालवीय जी की इच्छा सौ वर्ष तक जीवित रहकर अपने देश और समाज की सेवा करने की थी, किंतु नौवाखली और देश के अन्य स्थानों पर हुई हृदय विदारक घटनाओं से जैसे उनकी आत्मा तड़प उठी थी। इसी बीच कुछ अस्वस्थ हो गए। बहुत कोशिशों के बाद भी उनका स्वास्थ्य ठीक नहीं हुआ। जब उन्हें लगने लगा कि उनका अंतिम समय निकट आ गया, तो उन्होंने राम व्यास ज्योतिषी को अपने निकट बुलाकर कहा, "मृत्यु के समय मुझे काशी की सीमा में मत ले जाना।"

"मगर क्यों?" राम व्यास ने पूछ लिया था, "ऐसा क्यों कह रहे हैं आप?"

"क्योंकि मैं मोक्ष नहीं चाहता हूँ, मैं तो अपना काम पूरा करने के लिए और अपने देशवासियों की सेवा करने के लिए, मैं अपने देश और देशवासियों के लिए एक जन्म और लेना चाहता हूँ।"

मालवीय जी आजीवन देश सेवा में लगे रहे और 12 नवम्बर, 1946 ई. को इलाहाबाद में उनका निधन हो गया। संसद में महामना मदनमोहन मालवीय का तैलचित्र लगाया गया, जिसका विमोचन 19 दिसम्बर 1957 को राजेन्द्र प्रसाद ने किया था।

पंडित जवाहरलाल नेहरू ने मालवीय जी को हार्दिक श्रद्धाजंलि देते हुए कहा था, "महामना अर्थात् एक ऐसा विशाल मानव, जो आधुनिक भारतीय राष्ट्रवाद की नींव डालने वालों में से एक था तथा जिसने वर्ष भर, एक-एक ईंट और पत्थर को जोड़कर भारतीय स्वतंत्रता की इमारत का निर्माण किया था।"

•••

# प्रश्नोत्तरी

1. पं. मदन मोहन मालवीय का जन्म कब हुआ था?

   (अ) 25 दिसंबर 1860 (ब) 25 दिसंबर 1861

   (स) 5 मार्च 1920 (द) 15 अगस्त 1942

2. मालवीय जी को कौन सी उपाधि से नवाजा गया था?

   (अ) महामना (ब) भारत रत्न

   (स) राष्ट्रपित (द) धरापुत्र

3. मालवीय जी के प्रारंभिक गुरु कौन थे?

   (अ) श्रद्धानंद (ब) दयानंद

   (स) विवेकानंद (द) पं. हरदेव

4. मालवीय जी की पत्नी का क्या नाम था?

   (अ) गौरी (ब) कुंदन देवी

   (स) जसौदा (द) सीता

5. मालवीय जी ने किस अखबार का संपादन किया?

   (अ) जागरण (ब) वीर अर्जुन

   (स) हिन्दुस्तान (द) आज

6. मालवीय जी ने सनातन धर्म महासभा का शुभारंभ कब किया?

(अ) 1906 (ब) 1907

(स) 1908 (द) 1909

7. मालवीय जी कांग्रेस में कितनी बार अध्यक्ष बने?

(अ) एक बार (ब) तीन बार

(स) दो बार (द) कभी नहीं

8. मालवीय जी ने किस विश्वविद्यालय की स्थापना की?

(अ) मुस्लिम विश्वविद्यालय की (ब) काशी हिन्दू विश्वविद्यालय

(स) वाराणसी कॉलेज (द) गुरुकुल कांगडी

9. हैदराबाद के निजाम का क्या नाम था?

(अ) नौसार (ब) सरदार पटेल

(स) उसमान अली (द) कासिम रिजवी

10. मालवीय जी का निधन कब हुआ?

(अ) 12 नवंबर 1946 (ब) 12 नवंबर 1947

(स) 12 नवंबर 1962 (द) 12 नवंबर 1957

उत्तर

1. ब 2. अ 3. द 4. ब 5. स 6. अ 7. स 8. ब 9. स 10. अ